續
為美好的世界獻上爆焰！
吾等乃惠惠盜賊團
Kadokawa Fantastic Novels

「吾乃惠惠！
清白正直又妥當執行竊盜業務，
為世間、為人類有所貢獻的
盜賊團之領導者！」

惠惠

「我只是想說，雖然不知道妳想做什麼，不過我也想參一腳……」
芸芸
「請務必讓我加入！也讓我成為兩位的夥伴吧！」
愛麗絲

「我的運氣明明應該很好才對啊，
為什麼卻老是碰到這種
很搞笑的狀況呢……」
克莉絲
「我是這間教堂位階最高的人，
也是阿克西斯教團的美女祭司，名叫賽西莉。
不用客氣，叫我賽西莉姊姊就可以了。」
賽西莉

「那個，你們兩個的關係相當密切嗎？
是從什麼時候變成這種關係的啊？」

「惠惠，不是啦！
我們兩個開始一起當盜賊也是最近的事情，
我之前也說過了啊，
助手老弟在我心目中什麼都不是！
我只把他當成普通朋友，
對他並沒有特別的感覺！」
「等一下，
妳們兩個在我不在的時候都聊了些什麼啊？
為什麼我要在不知情的狀況下被甩掉啊？」
和真

續 為美好的世界獻上爆焰！吾等乃惠惠盜賊團

CONTENTS

續 為美好的世界獻上爆焰！

暁 なつめ
illustration 三嶋くろね

Kadokawa Fantastic Novels

序章

和那個人一起去煙火大會的那天晚上。

就在無法遵守和那個人的約定，有點失落的我，拖著沉重的步伐走在回家路上的時候。

我路過一戶名叫安岱因，風評不佳的貴族家的宅邸。

在那裡，有兩個看起來就很可疑的人從遠方望著那棟宅邸。

看見那熟悉的面具，我的心臟開始狂跳。

怎麼搞的，難道我有這麼好拐嗎？

我還以為自己是個更守身如玉，更能自持的人呢……

我下定決心，向那兩個人搭話。

「——請、請問……前面那兩位，該不會是銀髮盜賊團吧？」

被我從背後這麼一叫，那個人抖了一下。等我回過神來，我已經在用拔高的聲音向他自我介紹了。

面對止不住嘴角的笑意的兩人，我問了一直很好奇的事情。

「你們兩位之所以潛入王城，是因為公主殿下手上有個危險的神器，兩位想要保護她的人身安全對吧？」

對於我的發問。

『是啊，就是這樣。我們是坊間所謂的義賊。平常站在庶民這邊，但即使對方是公主，知道年紀尚小的少女曝身於危險之中，我們豈能坐視不管。只要有人不知該如何是好，無論是貴族的宅邸還是王城，任何地方我們都會潛入其中。這就是我們面具盜賊團的作風。』

或許細節有點不同，但那個人斬釘截鐵地這麼說了。

『妳叫惠惠對吧？其實，我們鎖定了沉眠於這間宅邸的某樣東西。為了人類的未來，那是不可或缺的東西。偷竊這種行為確實不可取。但是，對於我們而言，即使國家懸賞要拿下我們的人頭，這也是必須去做的事情。』

他面具底下的眼睛蘊藏著堅強的決心，而且不知為何，光是看著就讓我覺得似曾相識。

我目不轉睛地盯著這雙眼睛看，聽著他們接下來要說的話。

『我們接下來要潛入那間宅邸偷東西，藉此取得對付魔王軍的王牌之一。如果妳想報警的話我們也不會阻止……不過，希望妳相信我們，我們是為了人類才這麼做的。』

也就是說，他們兩位即使是在被懸賞高額獎金的現在，不僅與魔王軍為敵，甚至不惜與全人類為敵，也要為了世界而繼續採取行動。

明明都在做這種大事，而且明明接下來還有重要的工作等著他們去做。
他們卻像是相伴已久的搭檔似的，開心地互動著。
看著兩人這樣的互動，不知為何讓我的心頭一緊。
向他們道別之後，我依依不捨地一次又一次回頭看向他們，最後假裝離開現場。
那一天。
我下定決心，要暗中協助僅以兩名成員努力活動的他們——

第一話
新銳的盜賊團

1

有個名叫阿克塞爾的城鎮。

新進冒險者為了尋求同伴，都會聚集到這個城鎮來。

同時，這個地方也因為治安非常良好而聞名。

在這樣的阿克塞爾的冒險者公會當中——

「住……住手——！妳在做什麼！」

我遭受到不當的暴力對待。

拿著我張貼在公布欄上的告示，公會的櫃檯小姐對我說：

「居然還問我是在做什麼！這是冒險者們募集小隊成員用的公布欄，想找玩伴的話請去別的地方！」

「什麼玩伴，沒禮貌耶！我這是在找隊友無誤，如果妳對我貼告示的地方有意見的話就說啊，我洗耳恭聽！」

面對像是在炫耀似的挺出胸部的巨乳美女櫃檯小姐，我也不甘示弱，示意要她把募集告示交出來。

「如果不是在玩就更糟糕了！我有意見的不是貼告示的地方，而是關於募集內容啊！」

櫃檯小姐將告示遞到這樣的我眼前，唸出寫在上面的文章。

「『徵求盜賊職業隊員。僅限為了正義而犯罪也在所不辭，具備此等幹勁者。主要工作內容為襲擊貴族宅邸等等……』」

聽見這些，在附近圍觀的冒險者們都以憐憫的眼神看向我。

「……沒辦法了。我原本只想找職業是盜賊的隊員，不過其他職業也沒關係啦。我重寫就是了。」

「問題不在那裡啊！我的意思是請不要透過公會的公布欄募集和妳一起犯罪的同伴！」

——事情發生在之前舉辦艾莉絲女神感謝祭的時候。

那時，我遇見了一直很崇拜的盜賊團。

以布條罩住口鼻，一頭銀髮的盜賊團頭目。

還有只看一眼就能知道不是簡單角色，戴著一副帥氣面具的神祕男子。

那個被稱作頭目的銀髮人士還無所謂，該怎麼說呢，感覺是個活潑、誠懇，讓人很有好感的人。

問題是另一個人，面具男。

那個戴著巴尼爾面具複製品的人，給我一種該說是不像陌生人的感覺吧，明明是第一次見面，我卻感覺到某種能夠令我放心的感情。

而且，又是盜賊團又是義賊又是面具的。

——簡直太迷人了。

居然能夠湊齊如此觸動我心弦的要素，肯定不是簡單角色。

老實說，我其實很想加入那個盜賊團，但是很遺憾的，我並沒有盜賊的技術。

「——所以，身為他們的支持者之一，我決定擅自成立那個盜賊團的附隨組織，聚集人力，協助他們的義舉。」

「要是妳真的成立了那種愚蠢的團體我就懸賞捉拿你們喔。」

募集告示被櫃檯小姐沒收之後，我環視整個公會。

既然不准我張貼告示，我就只能個別挖角了，但是聽見我們剛才的對話的冒險者們都紛紛閃避著我的視線。

我走向附近一位看起來職業應該是盜賊的大哥，為了讓他卸下心防而換上最燦爛的微笑對他說：

「這位看起來很閒的大哥，可以耽誤你一下嗎？」

「抱歉啊，我現在正忙著數桌子的木紋，晚點再說吧。」

那位大哥非常做作地數起木紋來，害我忍不住揪住他。

「你明明直到上一秒都還一副很閒的樣子，現在到底是有什麼不滿的啦！」

「別這樣，不要把我牽扯進去！為什麼誰不好挑偏偏挑上我啊，妳的隊上不是有那個方便又好用的傢伙嗎！那個傢伙也有盜賊技能不是嗎！」

「我當然第一個就拜託他了。但是，那個男人居然說等到季節變得再涼爽一點再陪我玩。看來，他似乎不認為我是認真想成立支援那個盜賊團的團體。」

「那當然了，說要支援被懸賞的盜賊團啊，人家只會覺得妳到底在開什麼玩笑吧。」

聽那位大哥如此回應，我用力拍了一下桌子。

「那個盜賊團為了拯救人類的未來，即使被人在背後指指點點，也還是日夜努力採取行動！看來我必須先從這一點開始向你徹底釐清才行了！」

「別這樣，我不想聽那些，也不想和妳扯上關係！拿去，這盤我拿來配酒的花生給妳，妳去找別人吧！」

……天啊。

我不但還幫不上自己崇拜的那些人的忙，甚至得先從解開世人對他們抱持的誤會開始才行嗎……

一手拿著裝著花生的盤子，我一面啃著花生，一面環顧四周……

在眾人依然閃避著我的視線的同時，我忽然感覺到背後有人看著我。

我轉頭盯著那邊看，只見視線的主人發現我在看她之後連忙低下頭去，但不久之後又以有所期待的眼神不斷偷瞄我。

……

「那位看起來職業應該是盜賊的大姊，可以耽誤妳一下嗎？」

「惠惠，妳剛才有發現我在看妳對吧！」

見我向附近的大姊搭話，視線的主人，也就是芸芸便踢開椅子站了起來。

「妳那種不敢主動找人講話卻希望人家理妳的視線真是有夠煩的！有事情想說的話妳就直接開口啊！」

「別這樣！我知道了，我開口就是了，別拉我的頭髮！」

我撲向依然難搞的芸芸之後，她便帶著下定決心的表情說：

「我只是想說，雖然不知道妳想做什麼，不過我也想參一腳……」

聽說最近經常和一些怪人混在一起的芸芸前所未見地主動說出這種積極的發言。

大概是和那些怪人混在一起，讓這個孩子有所成長了吧。

不過……

「事到如今妳還在說什麼啊，芸芸可是吾之盜賊團的副團長喔。而且名字也已經列在名冊上了。」

「妳在說什麼啊，我可沒聽說喔！應該說，妳從剛才開始就一直向人搭話，原來是在找人加入那種不正經的團體嗎？」

芸芸如此驚叫出聲，讓我不禁大聲叫罵。

「什麼叫不正經的團體啊！這可是一個清白正直又妥當執行竊盜業務，為世間為人類有所貢獻的盜賊團！」

「我聽不懂妳在說什麼！我完全只有不祥的預感所以還是算了！」

正當我和芸芸在爭執的時候，我原本打算上前搭話的那位大姊連忙離開了公會。

我抓住打算逃跑的芸芸的一隻手之後說：

「居然害怕了，妳這樣還稱得上是紅魔族嗎！真是的，都怪妳大吵大鬧的，大家都開始警戒了。夠了喔，妳別再鬧彆扭了，我們上街找團員去！我們的新團員也等於是妳的夥伴。乖，妳可以交到新朋友耶。」

「別以為只要說出可以交到新朋友我就會願意去做任何事，妳如果這樣想的話可是大錯特錯啊啊啊————！」

2

「——妳看，那個人怎麼樣？他的長相看起來就很適合當盜賊。」
「惠惠，噓————！妳太大聲了！那個大叔的長相看起來是很凶悍沒錯，但他是一般老百姓，又不是冒險者！別看那個人了，妳覺得那個看起來年紀和我們差不多的人如何……」
「他才是真正的一般老百姓吧。這是在找團員，不是在找朋友喔！」
在阿克塞爾的大街上。
我和推三阻四最後還是跟過來的芸芸一起坐在大街旁的長椅上，觀察著往來的人群。
沒錯，目的是為了找到適合的人才就立刻挖角。
不過，我和芸芸從剛才開始就一直意見相左，到現在都還沒有向任何人搭話。
「啊，那個女孩怎麼樣？雖然她把長袍的兜帽戴上了，看不到長相，不過年紀看起來好像和我們差不了多少，而且腰際還掛著劍，應該不是一般老百姓吧？」

芸芸指著一個罩著樸素長袍，戴上兜帽的嬌小少女這麼說。
雖然看不到她的髮色，不過從兜帽底下露出來的眼睛是充滿透明感的澄澈藍色……
「等一下，為什麼那個孩子會一個人出現在這個鎮上啊！」
「妳、妳怎麼了，惠惠？妳認識那個女孩嗎？」
在我們的視線前方，那名戴上兜帽的少女似乎對身邊的東西非常有興趣，一面到處東張西望，一面到處亂晃，腳步看起來虛浮不穩，危險極了。
這時，串燒攤販的大叔對那名少女說：
「前面的小妹妹，要不要來一串剛烤好的串燒啊？小妹妹長得這麼可愛，叔叔算妳便宜一點，現在一串只要一百萬艾莉絲喔。」
「串燒……我沒見過這種食物呢。一串一百萬艾莉絲嗎？那麼，可以給我三串嗎？」
說著，把大叔的玩笑話當真的少女從懷裡拿出錢包之後……
「妳在做什麼啊！不可以在這種地方拿出那麼多錢來！」
「咦？啊啊！妳是惠惠小姐！」
我衝到那個一副理所當然的打算從錢包裡拿出高額硬幣的少女，也就是不知為何出現在這裡的愛麗絲公主身邊，搶走了她遞給老闆的硬幣。
沒有理會因為看見高額硬幣而全身僵住的老闆，我教訓起愛麗絲。

「一百萬艾莉絲是那個大叔的玩笑話，其實是一串一百艾莉絲的意思。哪個世界的串燒會那麼貴啦。」

「是、是這樣嗎？因為我不懂行情……」

這時，原本僵在那邊的老闆一臉認真地遞出串燒說：

「不，真的是一串一百萬艾莉絲。小妹妹這麼可愛，我算妳三串一百萬艾莉絲好了。」

「可以便宜我這麼多嗎？謝謝老闆！」

「不可以相信他，這個大叔是知道妳不諳世事所以想趁機敲妳竹槓！拿去，三百艾莉絲！要是你還想誆騙無知少女的話就由我來對付你！」

——帶著以正常價格買到串燒的愛麗絲，我們轉移陣地來到附近的公園裡。

「真是的，妳為什麼會一個人在那種地方亂晃啊？妳的護衛在做什麼？」

面對立刻把剛買到的串燒放進嘴裡的愛麗絲，我再次這麼問。

或許是第一次吃到這種庶民的食物，笑得一臉幸福的愛麗絲表示：

「護衛是什麼意思？我叫依麗絲。妳是不是把我當成別人了啊？話說回來……這種名叫串燒的食物還真好吃。這或許是我第一次吃這麼溫熱的食物呢。兩位不嫌棄的話，要不要也來一串呢？」

在如此裝傻的同時，她還問我和芸芸要不要吃串燒。

看來她似乎希望我們用依麗絲這個假名叫她。

我拿起串燒之後說：

「這樣啊……那麼，依麗絲殿下在這種地方做什麼呢？這裡算是治安比較好的城鎮沒錯，不過會出什麼差錯也很難說喔。」

「請不要叫我依麗絲殿下，叫我依麗絲就可以了……呵呵，其實，不久之前我曾經偷偷跑來這個城鎮玩。那個時候我沒能見到兄長大人，不過卻結識了一位很有趣的人士……這讓我知道世間還有很多很奇特的人，所以我才會像這樣溜出來學習社會經驗。」

她突然冒出這番非常不得了的發言，害我把吃進嘴裡的串燒噴了出來。

現在王都應該鬧得天翻地覆了吧。

「來來，另外一位小姐也請用請用。」

「啊，謝謝妳，依麗絲！妳好，我叫芸芸……吶，惠惠。這個孩子金髮碧眼的，難不成是貴族家的千金小姐嗎？」

同樣從愛麗絲手上接過串燒的芸芸戰戰兢兢地將串燒拿到嘴邊，同時這麼問我。

「不，我是王都的綢緞盤商的孫女，依麗絲，並不是什麼千金小姐。」

也不知道到底是在哪裡受到誰的影響，愛麗絲冒出這種奇怪的說詞。

綢繆盤商是什麼東西啊？

「既然本人都如此堅稱了，就當作是這麼回事吧……不過這下可傷腦筋了，既然都發現依麗絲了，也不好就這樣置之不理讓她落單……」

再怎麼說她也是一國的公主殿下，總不能在發現她之後還丟下她一個人不管。

這時，見我如此煩惱，拿著串燒的愛麗絲歪著頭問道：

「這麼說來，妳們兩位又在做什麼呢？」

聽愛麗絲天真地這麼問，我瞬間煩惱了一下是不是應該說真話。

可是，我記得這個孩子對那個盜賊團的印象應該也不差才對。

「其實，我們打算成立銀髮盜賊團的下層組織。」

「那是什麼意思？也告訴我詳情吧！」

怪了，她這麼感興趣是怎樣，太出乎意料了。

「沒有啦，我只是想擅自號稱義賊銀髮盜賊團的下層組織、擅自募集同伴、擅自支援他們，只是想成立一個這樣的團體罷了。」

「聽起來好像很有趣的樣子！想加入那個組織的話需要通過什麼測試嗎？」

見愛麗絲的反應依然如此熱切，我為了讓她回心轉意，搖了搖頭說：

「現在是怎樣，難道妳想加入嗎？不可以喔，這不是兒戲。我們要建設祕密基地作為吾

等之活動據點、擴大勢力等等，要做的事情有很多。想當然爾，團員也必須要相當努力工作才行。」

「祕密基地！」

聽我如此勸說，愛麗絲不知為何眼睛一亮。

「還、還有……不僅如此，為了懲治黑心貴族，在我們的設想範圍內可能也得採取一些不合法的手段……」

「懲治黑心貴族！」

聽我如此勸說，愛麗絲不知為何眼睛變得更亮了。

「請務必讓我加入！也讓我成為兩位的夥伴吧！」

也不知道是哪一點觸動了她的心弦，愛麗絲臉色泛紅，握起拳頭。

「吶，惠惠，既然她都這麼有幹勁了，讓她加入也沒關係吧？我……我可不是因為有年紀相近的女生成為同伴會很開心才這麼說的喔。」

看見這樣的她，不知為何連芸芸也積極想讓這個孩子入團。

要是讓公主殿下加入這麼危險的組織，萬一哪天東窗事發了，我會不會被處以絞刑啊？

應該說，將我想支持的銀髮盜賊團列為懸賞對象的，根本就是這個孩子身邊的人耶。

「既、既然妳都說到這個份上了，那好吧。不過，我們要做的事情也不是兒戲，所以要請妳接受入團測試。經過測試，如果我認為妳是值得入團的人才，並且成績優異的話，我就給予妳吾等盜賊團之左手的稱號。」

「吶，惠惠，我姑且問一下，這樣的話右手是誰？我只是讓妳借用我的名字而已喔，不要擅自把我列為幹部喔！」

不顧聽了我的發言而感到害怕的芸芸，愛麗絲的表情整個亮了起來。

3

——離開了城鎮，來到熟悉的平原。

「依、依麗絲，妳可以嗎？那隻蟾蜍比我們平常看到的還要大上不少喔！」

我們打算透過阿克塞爾最著名的怪物，同時也是我們的宿敵——蟾蜍，來測試愛麗絲的實力。

「我可以的！王族……不對，綱綢盤商一族可是很強的！」

綱綢盤商是不是和紅魔族一樣，是什麼種族的名稱啊？

愛麗絲面對與她對峙的蟾蜍，拔出插在腰際的劍，擺出架勢。

「『Extelion』！」

然後在如此大喊的同時，在距離明明還很遠的狀態下揮了劍。

那把尺寸和嬌小的愛麗絲不太相稱，裝飾華美的長劍，與又長又大的外觀正好相反，輕盈地劃過空氣——

接著便毫無預警地，將朝我們跳過來的蟾蜍砍成兩半。

「「咦！」」

在忍不住驚叫出聲的我和芸芸的守候之下，愛麗絲滿意地把劍收回劍鞘。

「惠惠小姐，如何？這樣算是通過測試了嗎？」

「咦？這個嘛……這還是測試的第一階段！妳剛才打倒的蟾蜍，在這附近是任何裝備齊全的冒險者都能夠獵殺的怪物！能夠一招打倒那種怪物只是理所當然！」

「自己在對付那種蟾蜍的時候明明曾經被整個人吞進肚子裡還敢說……」

我假裝沒聽見這道從背後傳來的聲音，決定給愛麗絲更嚴苛的考驗——

「——『Extelion』！」

「請等一下，妳從剛才開始就一直用的那招是什麼啊！再怎麼說未免也太強了吧！為什麼有辦法反過來一擊打倒一擊熊那種大咖啊！」

因為不知道愛麗絲的極限到底在哪裡，我不斷提高討伐怪物的難度。

「這招是只有得到我們家代代相傳的聖劍所認同的人才可以使用，能夠發出強烈斬擊的必殺技！」

「那該不會是據說原本是勇者所持有，傳說中的……算、算了，還是不要想太多吧。」

王族最有名的一件事就是招婿擁有強大力量的勇者，吸收其血統。

所以，名列王族之中的人都繼承了這樣的素養，多半都強到犯規……

「不過，如果是這樣的話，就只是妳的武器在強而已吧。盜賊團有很多時候要來硬的，所以不能讓不夠強的人加入。我想看的是妳真正的實力。請妳確實展現出來給我看。」

「吶，惠惠，我看依麗絲肯定比我們還強吧？妳也差不多該承認了吧？」

芸芸一邊這麼說，一邊用力拉我的衣服，但是如果現在輕易承認這種事情的話，我就沒有立場可言了。

「那麼，我去打倒那邊的那群怪物吧，而且不用聖劍。」

正當我和芸芸在交頭接耳的時候，愛麗絲指著遠方的怪物，並且這麼說……

「等等，那是一整群的哥布林耶！不可以，那種很好賺的怪物附近多半都跟著一種名叫初學者殺手的狠角色……！」

儘管我如此警告，愛麗絲已經對著哥布林舉起手來——！

「『Sacred Lightning Blare』——！」

在愛麗絲如此大喊的同時。

一道白光在哥布林群的中央閃了一下，白色的閃電伴隨著暴風肆虐，掃蕩了一切——！

4

回到阿克塞爾之後，我用力拍了一下手說：

「好了，第一次測試就此結束。以新人而言，我承認妳還算有點本事。不過因為我們是盜賊團，並沒有那麼需要戰鬥力就是了。所以說，並不是強者的地位就會比較高。」

「等一下，惠惠，妳的說法跟剛才不一樣吧！妳不是說有時候要來硬的所以不能讓不夠強的人加入嗎！」

見識到愛麗絲的實力之後一直有點呆若木雞的芸芸現在才回過神來，如此對我抗議。

「吵、吵死了，第一次測試我都已經讓她順利過關了，這樣不就好了嗎！」

「還說什麼第一次測試，怎麼我就沒有！應該說，這個孩子怎麼想都比我們還要……」

「住、住口——！不可以繼續說下去，一旦認輸就全盤結束了！」

老實說，我太小看王族的力量了。

我是有聽說王族和貴族很多都是天生就很有才能的人，但我沒想到居然強到這種地步。

再說了，讓這個孩子自己去打倒魔王不就好了嗎？

「可是，沒想到居然連在附近觀望的初學者殺手也一起收拾掉了，依麗絲那招魔法也太厲害了吧。再說了，就連身為紅魔族的我都沒聽過那招魔法呢……」

「那是王家……不對，是綴綢盤商代代相傳的魔法之一。聽說是傳說中的勇者最拿手的原創魔法，能夠發出蘊含神聖力量的閃電。」

有關綴綢盤商的謎團越來越撲朔迷離了。

「話說回來，第二次測試要做什麼呢？我對體能很有自信，無論是怎樣的測試我都願意挑戰！」

看見幹勁十足的愛麗絲，我苦思不已，心想到底該如何是好。

要是擅自讓公主殿下加入盜賊團的話，我可以想像得到穿幫之後會鬧出怎樣的騷動。

老實說，我原本是想對她雞蛋裡挑骨頭，好讓她死心的……

這時，芸芸忽然說：

「繼續測試妳的體能也沒有意義，不如測試學力或一般常識如何？不過，依麗絲看起來家教就很好，學力應該也還不錯吧。」

「就是這個！」

聽見芸芸隨口說出的這番話，我用力點頭。

對方是接受英才教育的公主殿下。

所以學力測試當然也沒有意義，不過一般常識就另當別論了。

「盜賊需要的不是高強的戰鬥能力。此外，智力當然也是越高越好，但最重要的還是常識！依麗絲的常識水準有多高，就由本小姐來測試一下！」

「在阿克塞爾最沒常識的惠惠居然說要測試別人的常識，到底是在開什麼玩笑……好痛、好痛！」

在我因為芸芸亂插嘴而拉扯她的頭髮時，愛麗絲儘管顯得有些困惑，卻還是握起拳頭對我說：

「我、我可以的！我也經常像這樣溜出來探索城鎮，應該已經學到了不少常識才對！請務必開始進行那項測試！」

——先從結果說起好了，實在是糟糕到不行。

「小妹妹，那不是可以直接吃的東西，要先剝皮再吃裡面的部分。」

我試著叫愛麗絲去商店街隨便買點東西，結果她好像是第一次看見還沒剝皮的水果，拿起剛買來的芒果，在準備直接啃下去的時候停下了動作。

被老闆這麼一叮嚀，紅著臉的愛麗絲不知所措地看向我們。

真是的，不諳世事的公主殿下就是這樣……

「真拿妳沒辦法，反正妳之前一定只吃過人家把皮剝乾淨裝在盤子裡面的水果對吧？現在就由我來教妳一般的常識。水果這種東西呢，首先要把皮剝掉，吃裡面的果肉，然後把種子炒熟當點心吃。剝下來的果皮要煮軟了再拿來吃。」

「惠惠也偏離一般常識了！正常來說果皮和種子都會丟掉好嗎！」

芸芸出乎意料的吐嘈，害得我心目中的常識瞬間差點瓦解。

「才、才沒有這麼回事呢。種子炒乾了之後會變得像葵花子一樣好吃，果皮只要細火慢燉之後也能吃！芸芸在紅魔之里才是走得最偏的啊。真是的，不懂常識的人就是這樣……」

「妳給我等一下——！只論我們三個的話，我自認是最有常識的好嗎！等等，依麗絲，還沒有付錢不可以咬下去！」

「對、對不起！因為平常都是我的隨從會自動付錢……！」

沒想到意外暴露出我的弱點，這樣也不能繼續測試下去了。

嗯嗯……無論以戰力而言還是以人才而論，愛麗絲都很優秀沒錯……

「惠惠，我不知道妳是在猶豫什麼，不過妳也差不多該讓依麗絲加入了吧？該怎麼說呢，被排擠在小圈圈之外是非常難過的事情喔……」

「芸芸說這種話聽起來超沉重的，別這樣！我知道了啦，這項測試就先暫緩吧。不過這只是先讓妳暫時入團試用一下喔。誰知道妳那些跟班發現這件事會說什麼。」

聽見我因為芸芸的勸說而如此表示，愛麗絲的表情一亮。

「事情就是這樣，暫時入團的妳是我們當中地位最低的基層人員。我這個團長說什麼妳都得服從喔。」

聽我這麼說，芸芸像是忽然想起了什麼似的表示：

「這麼說來，為什麼惠惠不知不覺間就變成團長了啊？我這麼說並不是因為自己想當團長，只是身為惠惠的競爭對手卻被妳擅自當成部下，感覺好像輸給妳了，讓我很不舒服。」

「妳這個難搞的傢伙又在說這種話了。那還用說嗎，當然是因為我們當中最強最能幹最成熟的就是我。既然如此，也只能由這樣的我來負責統領大家了啊。」

聽了我這番話，兩名手下似乎無法接受這個理由，分別露出微妙的表情。

「王族……綢緞商可是很強的喔！不然我們來打一場如何？」

「戰鬥方面……要贏過妳們兩個或許是有點困難，但我們當中最成熟的應該是我吧？常識也是我比較豐富，身高也是我最高。」

面對這兩個難搞的手下，我只能不以為然地搖搖頭。

「像妳們這麼輕易動氣，幼稚的人就是這樣。而且，最成熟的一個肯定是我沒有錯喔。畢竟……」

停頓了一下之後。

「我都已經對那個男人說了，問他今晚要不要來我的房間玩。」

我坦白說出不久之前和那個人約定好的事情……

「咦咦咦咦咦咦咦！」」

「喂！妳、妳們在做什麼，住手！快住手——！請妳們放手，不准拉我的長袍！」

「惠惠，這是怎麼回事！那個男人是指和真先生對吧？妳妳、妳打算和他跨越最後一道界線嗎！」

「妳妳、妳邀請兄長大人去妳的房間嗎？邀請那個無論是任何人隨便問一下都很有可能隨便跟去的兄長大人嗎？身為淑女，惠惠小姐未免太不檢點了，我這個兄長大人的妹妹無法坐視你們發展那種靡爛的關係！」

我推開揪住我不放的兩人，整理了一下凌亂的長袍衣襟之後說：

「我已經是可以結婚的年紀了。應該說，年輕男女在一個屋簷下一起生活，事到如今就算變成那種關係也沒什麼好奇怪的吧？」

兩人從我這番從容的發言中得知了彼此之間的層次差距，變得臉色蒼白，腳步還踉蹌了一下。而我對這樣的兩人表示：

「那麼，團長就是我了，妳們沒有異議吧？」

5

展現出壓倒性的上下關係之後，我帶著她們兩個來到原本的目的地，然而——

「本小姐都已經這麼低聲下氣地求你了，你真的不肯通融一下嗎？」

「辦不到。」

房地產仲介的老闆冷淡的如此秒答。

「你到底有什麼不滿意的啊！難道你信不過擊退了眾多魔王軍幹部的本小姐嗎？這麼值得期待有朝一日發達之後能夠付出錢來的魔法師，除了我之外沒有第二個了！」

「無論妳怎麼說，辦不到的事情就是辦不到！既沒有東西可以抵押，也沒有現金，卻想要我把這個城鎮最大的房子租給妳，臉皮再怎麼厚也該有個限度吧！而且妳的小隊打下的戰果確實非常豐碩，卻也被列為最有可能滅團的小隊之一，妳最好認清這一點！」

「你、你說什麼！這麼說的人是什麼來頭，竟敢給我們如此不當的評價！」

來到阿克塞爾的房地產仲介的我們，原本是為了確保活動據點才像這樣來找老闆商量，受到的卻是這般對待。

「總之，三萬艾莉絲連押金都不夠付。我幹這行已經很久了，拿出這點錢就想叫我交出鎮上最好的房子的人我倒是頭一次見到。」

「唔……沒辦法了，這原本是我為了應急而留下來的私房錢，不過……」

說著，我又在桌上多放了我珍藏的一萬艾莉絲，結果被老闆用食指彈飛。

「混帳東西，竟敢如此對待我好不容易才存下來的私房錢！」

「因為就算三萬艾莉絲變成四萬艾莉絲也無濟於事啊！算我拜託妳們，快點回去吧！」

就在這時。

我還在和老闆唇槍舌戰的時候，有人從背後拉了拉我的披風。

「吶，惠惠，再怎麼說這樣都太魯莽了吧？應該說，妳之前說要建設祕密基地還是活動據點什麼的，原來是認真的啊。那個，有一個地方能夠讓朋友們聚在一起，隨時都可以在那裡休息，找一個這樣的地方我是贊成，所以我們今天還是先回去，想辦法籌錢吧。」

聽芸芸這麼說，我咬牙切齒地思考著到底應該怎麼做。

「不好意思……這個城鎮最大的房子要多少錢才租得起啊？」

這時，愛麗絲從我們背後探出頭來，戰戰兢兢地這麼問了老闆。

「妳們要這個城鎮最大的房子的話，一個月要兩百萬艾莉絲。加上押金之類的，總共應該是五百萬艾莉絲吧。」

五百萬……

我輕輕把芸芸推向老闆，然後說：

「……我們這邊再加上她每天都叫你一聲帥叔叔的權利，能不能再算我們便宜一點？」

「為什麼我非得做這種事情不可啊！」

見芸芸打算掐我的脖子，我便進入迎擊態勢。這時，愛麗絲拍了拍我的背。

「怎麼了，依麗絲？現在是談判最關鍵的時候，不要妨礙我……」

說到這裡，我倒抽了一口氣。

「不好意思，這些錢夠嗎？」

愛麗絲遞出來的，是面額驚人的艾莉絲紙幣。

老闆看見紙幣也頓了一下，芸芸則是顏面抽搐，整個人僵住。

「……這、這個嘛，錢是非常夠沒錯，不過想租房子還需要能夠證明承租人的身分，以及值得信用的保證人……」

聽老闆語帶歉疚地這麼說，愛麗絲露出傷腦筋的表情表示：

「不好意思，這個可以當成我的身分證明嗎？」

說著，她從胸口拉出項鍊……

「小人失禮了！如果是您的話要租什麼房子都可以！當然也不會向您收取租金！我現在立刻就去拿鑰匙出來，還請您在此稍候一下！」

老闆一看見項鍊，便連忙衝進內場。

目送老闆離開的芸芸一臉緊張地說：

「……吶，難不成依麗絲的家世其實非常顯赫嗎？」

「……她只是我們盜賊團的一介基層人員罷了。」

「是的，我是基層人員！」

看著被叫成基層人員不知為何還是一臉開心的愛麗絲，芸芸也亂了套。

「可是，妳的家世至少也顯赫到會讓那個大叔的態度瞬間大轉變吧？吶……惠惠，把依麗絲牽扯進這種愚蠢的遊戲真的好嗎？我們該不會正在闖下非常不得了的大禍吧？」

芸芸事到如今才發現事情有多嚴重，嘴角不住抽搐，但已經太遲了。

「讓您久等了，鑰匙就是這副！……今後也請您多多關照小店！」

老闆帶著和衝進去的時候一樣的衝勁拿著鑰匙回來，滿頭大汗的露出僵硬的笑容。而聽他這麼說的芸芸則表示：

「……吶，惠惠，如果再鬧上警局的話，我就真的沒臉見故鄉的大家了……」

「沒問題的，我們只是把依麗絲帶在身邊照顧她、保護她而已。我們的所作所為不比這個好，也不比這個壞。這樣妳聽懂了嗎？」

6

在阿克塞爾中心附近的高級地段，有一棟看起來就很豪華的大豪宅。

與這棟建築物相比，我現在住的豪宅看起來簡直就像是一般住宅。而這間房子從今天起，就是我們的活動據點了。

我和芸芸仰望著這棟大豪宅，自然而然冒出這樣的對話。

「……看來得決定盜賊團的名稱了。然後，就把這裡當成阿克塞爾分部吧。」

「吶，惠惠，妳到底打算把團體的規模搞到多大啊？我一開始還以為只是像辦家家酒一樣的遊戲，現在事情越鬧越大，害我都害怕了起來。」

我也沒想過事情會進展得如此順利，其實現在心裡還滿慌的，但是總不能表露出來。

居然在盜賊團成立的第一天就得到鎮上最好的房子，我還真的沒想到。

「好大的房子喔！可能比父親大人在避暑地的那棟別墅還要大呢！」

沒有理會自己一個對宅邸有不同感想的愛麗絲，我打開了大門。

或許是貴族的宅邸構造都很類似吧，走進大門之後首先映入眼簾的隔間，和我住的豪宅一樣是大廳。

負責管理的房地產仲介把宅邸內部打理得非常整潔，但是裡面沒有什麼家具，只有一張大沙發和桌子而已。

我倒在大廳裡的沙發上之後，懶洋洋地躺著宣告：

「從今天開始，這裡就是我們的活動據點了。今後計劃要做什麼壞事、想討論活動方針，或是閒得發慌的時候，想過來這裡都可以自行前來。簡單來說，這裡就是我們的聚會處。妳們各自帶著一把鑰匙吧。」

聽見聚會處三個字，芸芸的眼睛發出紅光，喜形於色。愛麗絲也不知道到底在高興什麼，變得笑容滿面，很沒規矩地跳上沙發來。

最後芸芸也帶著一臉鬆懈的笑容在沙發的最邊邊坐下，於是我轉身面對她們兩個坐好。

「我也沒想到會這麼簡單就得到活動據點，不過裙帶關係和老家的力量也是才能之一。能夠運用的東西我都會毫不客氣地運用……好了。」

我把手放到桌子上之後。

「那麼，接下來我要正式向妳們說明吾等盜賊團的活動方針。」

以此為前言，到了這個階段，我總算向她們兩個開始說明——

「——事情就是這麼回事。他們並沒有中飽私囊，反而是站在老百姓這一邊的義賊，儘管如此，政府卻當他們是罪犯，懸以重賞，追捕他們。但即使面臨這種狀況，他們依然為了這個世界，為了人類而戰！就算他們的義舉沒有任何人知道，也沒有任何人了解他們，他們現在還是繼續奮鬥！」

「太了不起了……！竟然有如此志向高潔又堅強的人……！惠惠，我決定了！一直到剛才為止，我都還以為妳又開始玩無聊的遊戲了，只是心不甘情不願地陪著妳而已，不過今後我會認真協助妳的！」

「又開始玩無聊的遊戲」這段讓我很介意，不過她願意拿出幹勁來就好了。

這時，我發現從剛才開始就默默不語的愛麗絲微微顫抖著。

「我、我……」

「依麗絲？妳是怎麼了，臉紅成這樣，而且眼睛都濕了……」

愛麗絲似乎連我指出她的異狀都沒有聽見，用力拍了一下桌子便站了起來。

「我現在就去找父親大人，向父親大人耍任性，請他取消那個盜賊團的懸賞！如果辦不到的話至少讓我去找兄長大人，我要好好寵壞他！」

「妳這個孩子突然說這是什麼話啊！懸賞之類的也就算了，寵壞那個男人的必要性在哪裡，我怎麼看不出來！」

她到底是怎麼從剛才的話題走向當中導出這個結論的啊？

『即使對方是公主，知道年紀尚小的少女曝身於危險之中，我們豈能坐視不管。只要有人不知該如何是好，無論是貴族的宅邸還是王城，任何地方我們都會潛入其中。這就是我們面具盜賊團的作風。』

沒錯，我只是把之前遇見面具盜賊團的時候，那個面具男對我說的這段話告訴她而已。

「更重要的是今後的目標。我們現在還只有三個人。而且年紀都還小，要是就這樣開始拓展地盤、擴張勢力，照現在的狀態也只會被別人瞧不起而已。所以，我們要一面增加長相凶狠又能幹的團員，一面逐漸提升知名度，最後要茁壯到足以和銀髮盜賊團並稱的程度！」

聽我如此強調，兩人似乎各自思索著適合當團員的人選。

「長相凶狠又能幹的團員啊……那些人給我的印象確實非常適合盜賊團之類的不法情事，不過讓他們加入肯定沒好事……」

在芸芸一面喃喃自語一面煩惱的時候，愛麗絲一臉凝重地抱著胸說：

「不好意思，惠惠小姐。之前我來這個城鎮的時候，有一位先生對我很好，而且非常優秀，要不要試著邀請他啊？」

「非常優秀是吧。我不知道妳是在怎樣的狀況下在這個鎮上和他相識的，不過他是一個怎樣的人啊？」

被我這麼一問，愛麗絲歪著頭說：

「那個人名叫八兵衛，是個整天有大半時間都笑著度過，很開朗的人，非常會搞笑，動不動就誇獎我、寵壞我。他還說，只要報酬談得攏，任何事情他都願意幫忙。」

「聽好了依麗絲，妳應該現在就立刻和那個傢伙斷絕關係！我想要的是那種會唱歌會跳舞又會戰鬥，好玩有趣又優秀的人！」

不過，今天才剛成立的盜賊團怎麼可能突然找到更多團員。

人員這部分今後再慢慢增加就可以了吧。

為了準備執行原本的計畫。

「首先，妳們兩位請看這個。我現在就告訴妳們今晚的計畫。」

我這麼說完，在桌子上攤開了這個城鎮的地圖——

7

這裡是某個貴族的別墅。

在我們的視線前方的，是在正門堅守崗位，負責當警衛的士兵們。

「——惠惠。我從之前就這麼覺得，妳是不是白痴啊？妳在紅魔之里得到最優秀的成績其實是假的吧？」

我沒有理會從剛才開始就一直在說同樣的話的芸芸，仔細觀察起那棟宅邸。

「以警衛的人數和宅邸的規模來看……我願意的話可以用爆裂魔法一發解決。」

「惠惠，妳應該用紅魔族首屈一指的白痴這個稱號才對！」

為了避免引起宅邸裡的人們的注意，我堵住大吵大鬧的芸芸的嘴，讓她安靜下來之後，愛麗絲也帶著一臉困惑的表情，用力拉了拉我的披風一角。

「不好意思，惠惠小姐……？我對社會上的常識確實很陌生，不過連我也知道這是不應該做的事情。至少等找到證據之後再說吧……」

為了讓如此表示的愛麗絲放心，我露出充滿自信的笑容。

「放心吧依麗絲，擅長製作魔道具的紅魔族自古就有這麼一句話。『缺什麼東西做出來就有了』。」

「妳給我等一下，那句話的意思不是這樣用的吧！」

我依然看著宅邸，堅定地對忍不住吐嘈的芸芸說：

「放心吧芸芸，我們有依麗絲在。只要有這個孩子當後盾，上了法庭根本不可能輸。」

「吶，只有這件事情我一直不打算問，不過還是讓我問一下好了！依麗絲到底是何方神聖？難不成，以我們的處境來說，現在根本不是做這種事情的時候了？」

聽著芸芸的吶喊，我為了鎖定魔法的目標而盯著宅邸的上空看，就在這個時候——！

「愛……！依、依麗絲小姐，總算找到您了！」

突然有人以快要哭出來的聲音從我們背後如此大喊。

我轉過頭去，看到的是一名身穿白色套裝，腰間插著劍的女子。

她眼角噙淚，呼吸急促，可見有多拚命在找愛麗絲。

我記得她應該是擔任愛麗絲的護衛的人，名叫克萊兒。

「克萊兒！妳、妳怎麼會知道我在這個城鎮？」

愛麗絲似乎沒有料想會被找到，帶著驚愕的表情不住後退。

「我都在依麗絲小姐身邊侍奉您多久了？像我這種程度的忠臣，無論是依麗絲小姐一週長高了多少、依麗絲小姐一天打了幾次呵欠、依麗絲小姐用餐的時候試圖挑掉青椒的舉動有幾次，我全都確認得非常仔細。依麗絲小姐的行動當然更是瞭若指掌！」

啊啊，這個人是沒救的那種人。

「克、克萊兒，妳說得就連我都有點嚇到了！不過就算是這樣，我還真沒想到會被妳像這樣逮個正著……先不說這些了，克萊兒，拜託妳！只要一個晚上就好了，我可不可以去兄長大人的豪宅……」

「不可以。」

克萊兒像是想表示唯有這件事絕對不准似的，一把抓住愛麗絲的肩膀，然後緊緊抱住她，不讓她逃走。

「放開我，克萊兒！今晚我不去阻撓的話，兄長大人會被騙走！」

「那再好不過了！那種男人隨便被別的女人騙走淪落為妻奴是好事一樁！好了，依麗絲小姐，要是您繼續耍任性的話，我也有我的考量！」

緊緊抱住愛麗絲的克萊兒紅著臉如此大喊之後，在抱住愛麗絲的手上多用了幾分力。

「克、克萊兒？妳這樣我連話也沒辦法好好說，總之妳先把手稍微鬆開一下吧？」

將愛麗絲的懇求當成耳邊風的克萊兒把鼻尖湊到愛麗絲的頭髮，一臉幸福地吸著氣。

「不可以。這可是在處罰您呢，依麗絲小姐。為了避免今後再次發生這樣的事情，不才克萊兒決定狠下心來，用力抱緊依麗絲小姐，好好疼愛……痛！好痛！請、請您別這樣，依麗絲小姐！不好意思依麗絲小姐，是我太得意忘形了我道歉就是了請您不要認真絞緊我！」

被愛麗絲反過來用盡全力緊緊抱住的克萊兒的軀幹，發出了不應該從人體身上發出的聲響，於是放開了愛麗絲，轉過來面對我們。

「好久不見了，惠惠小姐。這次有勞妳照顧依麗絲小姐，不勝感激。不過，今後我們會嚴加監視位於王都的瞬間移動服務處，所以依麗絲小姐應該不會再來到這個城鎮了。因此，若是要道別的話請趁現在……」

聽克萊兒這麼說，愛麗絲低下頭，顯得相當失望。

看克萊兒這麼生氣，愛麗絲這次果然是偷偷溜出王城了吧。

既然如此，今後王城也會嚴加戒備，而且連瞬間移動服務也沒辦法利用的話，以我們的身分差距而言，確實是不會再見面了。

被克萊兒輕輕從背後推了一下的愛麗絲，即使站到我的面前還是低著頭，表情就像是還沒玩夠的小朋友。

於是我以只有這個容易死心又聽話的基層人員聽得見的聲音說：

「等一下回到城堡之後，妳要豎起耳朵仔細聽，我會對妳打暗號。從明天開始，聽到那個暗號的聲響，妳就設法來到王都的正門前。」

說得就像是在約定要再出來玩似的。

「咦？」

愛麗絲抬起頭來，似乎無法理解我說了什麼，愣了一愣。

「雖然只是暫時入團，但妳也已經是盜賊團的一員了。都已經入了團，妳可不要以為能夠那麼容易脫離我們喔。」

聽我這麼說，愛麗絲的表情一亮……

「是！那當然了，頭目大人！」

然後笑容滿面地這麼說。

「……依麗絲小姐，我不知道兩位在說什麼悄悄話，不過我可不會再讓您脫逃了喔。不、不可以，就算您用那張可愛的臉裝得再楚楚可憐也沒用！好了，我們快點去瞬間移動服務處吧。蕾茵現在一定在王都哭著到處找依麗絲小姐了。」

就這樣，儘管對克萊兒用盡各種手段央求，愛麗絲依然被帶到瞬間移動服務處去了。

「走掉了呢……」

跟不上事情發展的芸芸茫然若失地冒出這麼一句話。

「芸芸。我記得妳學了瞬間移動魔法對吧？」

被我這麼一問，芸芸微微歪著頭說：

「咦？嗯，對啊。我想說學起來就可以隨時回紅魔之里，所以最近總算學會了……」

「原來如此。那麼，我有件事要拜託芸芸。妳等一下和我一起去瞬間移動服務處。接著，請店裡的人送我們到王都去之後，可以請妳把王都登錄為傳送地點之一嗎？」

「登錄王都嗎？……可以是可以，不過妳該不會是在動什麼歪腦筋吧？」

我才不是在動歪腦筋呢。

只是想做好隨時可以去迎接基層人員的準備而已。

「說什麼動歪腦筋啊，真沒禮貌，我只是想去遠一點的地方完成我每天的例行公事罷了。很遺憾的，今天無法執行那個計畫，只能延期了。好了，我們走吧！」

「可以是可以，不過惠惠的眼睛為什麼那麼紅啊！害我滿心只有不祥的預感！」

——請瞬間移動服務處送我們到王都之後，我們直接來到正門外面。

「那麼，請妳把這裡登錄為瞬間移動的目的地吧。我接下來還有事情要做，登錄完成之後請妳過來接我。」

「好是好，不過妳有什麼事情要做啊？跟妳剛才和依麗絲說悄悄話有什麼關係嗎？」

我沒有回應露出不安表情的芸芸，轉過頭去，朝著跟正門隔著一段距離的一座有點高的小丘陵走了過去。

嗯，在這裡的話我應該不會被王都的人看見才對。

為了最基層的團員，我拿出幹勁，開始詠唱魔法——

「等一下惠惠，妳在詠唱什麼啊！妳應該不會是想在這種地方施展爆裂魔法吧！」

接著，我一面聽著登錄好瞬間移動目的地之後追過來的芸芸的聲音……

「『Explosion』————！」

一面為了將聲響傳到王城裡，施放出最淋漓盡致的爆裂魔法——！

8

「——惠惠，從今天開始，我要叫妳紅魔族第一白痴。」

「如果妳真的這樣叫我的話，我就叫妳紅魔族第一邊緣人。」

用芸芸的瞬間移動魔法回到阿克塞爾之後。

「……我可是能夠隨便把妳丟在路邊喔。」

「喂，把年幼無助的我丟在往來人潮這麼多的地方可是罪無可赦喔。要是有人看見耗盡魔力，無法動彈的我，想對我做壞事的話該怎麼辦？」

我讓芸芸揹著我，送我回家。

「會對惠惠做壞事的奇特人種，即使是在這個一堆怪胎的城鎮當中，我也只想得到和真先生一個人……好痛好痛！」

我把原本環在芸芸的脖子上的手往下移，一把抓住愛亂說話的她的胸部裝甲，狠狠地用力捏下去。

「話說回來，我還真沒想到會引發那麼大的騷動。」

「為什麼會沒想到啊！王都那邊都響起魔王軍襲擊警報的廣播了，不過那怎麼想都是惠惠的魔法攻擊害的吧。」

「……也罷，當成是盜賊團的華麗處女秀就好了吧。」

「那樣與其說是盜賊團更像是恐怖分子吧！吶，我們解散了好不好？要是一個沒弄好，用不了多久我們的懸賞額就會比銀髮盜賊團還要高了吧。」

這樣也算得償所望就是了。

「有什麼關係嘛。而且王都的人們不久之後就會習慣了啦，因為接下來我每天都會這樣搞。」

「等一下！這我可沒聽說耶！」

「喔，快到家了呢。我的魔力也恢復了一點，送到這裡就可以了。」

「吶，明天妳也要這樣搞嗎？我還是退團好了！」

把芸芸的大吵大鬧當成耳邊風，我跨步走向豪宅——

「——我回來了～」

「妳回來啦～～！」

回到豪宅後，阿克婭坐在沙發上殷勤地餵著在她大腿上的黃色毛球，一邊向我打招呼。

接著，便聽見廚房那邊傳來互相叫罵的聲音。

「——我都說了，妳的料理又不是特別好吃，很普通啦！料理就交給有料理技能的我，妳只要負責收拾善後就好了！」

「——我也有身為女人的尊嚴要顧！在料理方面輸給一個平日閒著無所事事的男人，我怎麼對得起我們家那些從小教導我的廚師們！總之，這裡交給我就對了，你給我到大廳去閒著等開飯！」

看來是在吵今天誰要煮飯的樣子。

大概是因為被趕出廚房的關係，和真一臉不開心地來到大廳。

「哦？妳回來啦，惠惠。吶，妳聽我說，達克妮絲那個傢伙又在耍任性——」

我對倒頭往沙發上一躺之後就開始抱怨的和真說：

「反正一定又是和真說了不該說的話吧……先別說這些了。那個，今晚一定要……」

「……好、好啊。今晚要那樣對吧。嗯，今天晚上一定要那樣。」

大概是因為除了「那樣」以外想不到更好的形容了，和真紅著臉坐起身子來。

「怎麼了，這是在幹嘛？你們兩個不太對勁喔，那樣是怎樣啊～？」

「沒沒、沒怎樣啊——！是那個啦那個，惠惠今天早上說要成立一個什麼奇怪的團體！這麼說來那個搞得怎樣了？」

被阿克婭追問的和真為了轉移話題，連忙這麼問我。

「進展順利到我都嚇了一跳。今天不但得到活動據點，而且還多了兩名部下。」

「這樣啊，聽起來好像很有意思，真是太好了。我小時候也經常搭建祕密基地來玩呢。

不過，要是活動據點被附近的小朋友占走或是弄壞，妳也不可以反擊，弄哭人家喔。」

這個男人！

「你把我當成什麼了啊！應該說，你看了我們的活動據點一定會嚇一跳喔！再怎麼說，那裡都比這間豪宅還要大嘛。而且，今天加入的還是個手拿聖劍，會使用傳說級魔法的基層團員，以第一天來說，成果應該算是相當不錯吧。照這樣發展下去，用不了多久就可以和那個銀髮盜賊團並駕齊驅了。」

「這樣啊，那真是太好了。那個新交到的朋友又是聖劍，又是傳說魔法的，和妳應該很合得來吧。不過，你們千萬別給別人添麻煩喔。」

這個男人未免也太沒禮貌了吧。

話雖如此，我又不能跟他說明有關愛麗絲的事情。

……也罷，總有一天會有機會說明的吧。

正當我這麼想的時候，和真忽然對阿克婭說：

「總之就是這樣。喂，阿克婭。今天我買了還不錯的酒，妳儘管喝吧，不用客氣。妳平常那麼努力養育爵爾帝，偶爾還是喝點酒早點睡吧。」

「哎呀，今天吹的是什麼風啊？你是不是發現自己平常老是對我做些會遭天譴的事情，悔過向善了啊？既然你都這麼說了，酒我就毫不客氣地收下了，不過今天我不想喝。今天我想跟惠惠一起思量爵爾帝將來學會的必殺技該叫什麼名字，所以酒就改天再喝吧。」

「啥？不、不對不對！爵爾帝的必殺技應該要等到將來真的學會了再取比較好吧？今天惠惠應該也玩得很累了，也想早點睡覺吧？對吧！」

略顯著急的和真連忙這麼說，聲音都拔高了點。

……看來，這個人似乎真的以為我整天都只顧著玩。

我是很想說明今天一整天的成果，不過這個男人又不是團員，還是先別告訴他好了。

等到我們變成更大型的盜賊團之後，他肯定會開口要我們讓他加入。

所以，等到哪天這個男人說想要加入盜賊團的時候——

「說的也是。我今天很累，所以決定吃飽飯就要去睡覺了。事情就是這樣，所以我跟和真約好的那件事就等到明天再說吧。」

「咦！」

到時候，我再把那天遇見那位面具盜賊的事情也告訴這個人好了。

第二話
增生的盜賊團

1

爆裂魔法的詠唱傳遍這座看得見王都的小丘陵。

「『Explosion』——————！」

奔流的閃光，爆炸聲大響。

王都也瞬間隨之騷動了起來，不過我已經耗盡魔力，當場癱倒在地，無法動彈。

『魔王軍襲擊警報！魔王軍襲擊警報！請各位冒險者立刻到王城前方集合——』

我帶著事不關己的心情聽著從王都傳出來的廣播聲，終於在等待了十幾分鐘之後。

「——找到啦啊啊啊啊！妳別鬧了好不好，我看妳真的是白痴對吧！吶，妳真的每天都要這樣搞嗎？」

「頭目大人，抱歉來遲了。我順利溜出來了！」

或許是因為有自己在做近乎犯罪的事情的自覺，芸芸將兜帽拉得低到看不見臉孔，但還是可以窺見她的眼睛因為亢奮與氣憤而發著紅光。

愛麗絲則是揹著一個小背包，穿得像是要去野餐似的，兩個人就這樣衝到趴在丘陵上的我身邊來。

「妳們兩個辛苦了。不好意思，可以扶我起來一下嗎？」

「妳還敢說什麼辛苦了，小心我把妳原地掩埋喔！吶，惠惠，妳知道現在王都的騷動有多嚴重吧？之後妳到底打算怎麼收拾殘局啊！」

我被愛麗絲翻成仰躺的姿勢之後，眼見手扠著腰的芸芸開始對我教訓起來。

「哪有什麼好收拾的啊，我們都已經知道這種時候該怎麼做了不是嗎？之前紅魔之里不是也發生過類似的事件嗎？沒錯，就是那起非常令人痛心的事件……」

「妳、妳該不會是……」

我和芸芸過去也有過類似這樣的經驗。

在紅魔之里有個盯上點仔的神祕女惡魔，每天晚上都亂發爆裂魔法。

細節或許有點不對，總之就是發生過類似這樣的事件。

「妳又想賴到別人身上了嗎！」

「又、又是什麼意思，沒禮貌耶！如果妳是在說紅魔之里的爆裂魔的話，那肯定是女惡魔闖的禍。這次的事件嘛……就去警察局說些什麼『等我回過神來的時候才發現有個看起來很像魔王的人在那邊散步，然後突然發了爆裂魔法之後就跑掉了』之類，隨便提供一下目擊情報……」

「我絕對不配合！我才不會去提供這種愚蠢的證詞！」

這時，愛麗絲自顧自地將一直被芸芸罵的我以公主抱的姿勢抱了起來。

「今天，我請家裡的人準備了便當和點心。也有妳們兩位的份，我們找個風景優美的地方吃如何？」

「吶，這個孩子其實也滿沒常識的耶，應該說有點大人物的感覺！」

被愛麗絲抱著的我對芸芸做出指示：

「再這樣下去會被追兵找到。所以我們先回阿克塞爾吧。便當在城鎮外面吃好了。」

「現在便當一點也不重要好嗎！啊啊，我不是那個意思啦依麗絲，不要露出那麼哀傷的表情好不好？我不應該說一點也不重要的，其實我也很嚮往去野餐、和朋友一起吃便當之類的情境！」

這時，或許是芸芸在大聲嚷嚷的關係，王都那邊有聲音傳了過來，在說前面好像有人。

「都是因為芸芸大吵大鬧害我們被發現了啦，不過是和朋友一起吃便當而已不需要那麼興奮吧，真是的，邊緣人就是這樣！好了，快點詠唱瞬間移動魔法啦！」

「吶，是我的錯嗎？我總覺得不太能夠接受！」

依然繼續大吵大鬧的芸芸迅速完成了詠唱之後。
「『Teleport』！」
便摸著我們施展了瞬間移動魔法。
——我們來到阿克塞爾附近的湖邊後，便坐在愛麗絲喜孜孜地攤開的野餐墊上吃便當。
「吶，依麗絲，這個便當是誰做的啊？嗯，真的很好吃。是真的，真的很好吃喔。只是，裡面用的食材好像太豪華了，感覺好像不是帶來野餐的便當耶。」
「我只是說『我想和最近交到的朋友一起玩，想偷偷溜出門去，可不可以協助我脫逃』，這樣拜託女僕們之後，不知怎地，大家就充滿幹勁，連便當都幫我準備好了。」
「吶，依麗絲，妳們家是有很多女僕的大宅門嗎？綿綢盤商到底是在做什麼的啊？雖然聽到依麗絲說我是妳最近交到的朋友，讓我飄飄然到差點要覺得無所謂了，但還是覺得後來好像聽到什麼無法聽過就算了的詞彙……」
拿筷子夾起魚翅燒賣的芸芸，一臉凝重地看著燒賣，同時這麼問。
「那種事情根本無所謂吧。無論是胸圍還是身高、朋友的人數還是家裡的狀況，人總有一些不該問的事情。」
「也對，是我不好。惠惠說的沒錯。」

不知道是因為被說服了，還是因為我提到她自己也不想被問的事情，芸芸乖乖吃起便當。

而魔力恢復到有辦法吃便當的程度之後，我也大口狂吃起高級便當，同時這麼說：

「話說回來，依麗絲在食糧補給方面的能力相當不錯呢。我就任命妳為吾等今後的補給負責人了。換句話說就是升官。」

「我升官了嗎！謝謝頭目，我會加油的！」

「依麗絲，她只是叫妳以後也要繼續帶好吃的東西來而已，不要被她騙了！」

不久之後，吃完便當的我們一下子打赤腳進湖裡追小魚，一下子拿扁平的石頭往湖面上丟，並教了愛麗絲打水飄的玩法，然後差點砸中在湖的對岸釣魚的人，只好拚命道歉。

玩著玩著，最後來到平靜的午後時刻……

「我今天玩得相當開心。如果每天都這麼好玩的話，我也會更樂意參加。那麼，溜出來太久的話依麗絲家裡的人大概又會擔心到跑來接她，我們差不多該回去了。」

聽芸芸依依不捨地這麼說，愛麗絲便將野餐墊和便當盒塞回背包裡。

「那我們回家吧。我今天玩得很開心，改天再來野餐吧！」

兩人就這麼邊哼著歌邊走向阿克塞爾，於是我也慢步跟上……

「不對吧！吃完便當就回家是怎樣！今天什麼時候變成是出來野餐了，吾等的活動現在才要開始好嗎！」

芸芸一臉厭惡，像是想表達居然被發現了似的。

「所以，頭目大人，今天要做什麼呢？」

我回答了愛麗絲的提問。

「那麼，我來說一下今天的行程。不久之前，吾等得到了活動據點。總之先以這裡為阿克塞爾的總部……然後在各地陸續增設分部，最後將勢力擴張到世界規模。為了完成這樣的預定計畫，吾等需要能夠運用的資金。所以，我們今天要去確保賺取資金的收入來源。」

「吶，妳說世界規模是在開玩笑對吧？有時候我會搞不清楚惠惠到底是在開玩笑，還是在說真的耶……」

我當然是在說真的啊。

應該說……

「吾等盜賊團都已經有阿克塞爾總部和王都分部兩個單位了。接下來應該還會陸續增加才對。王都分部的活動據點是依麗絲家。依麗絲，等到吾等盜賊團的象徵標誌定案之後，要掛到妳們家的高處去喔。從今天開始妳就是王都分部的分部長。補給負責人兼王都分部長。連升好幾階了呢。」

「謝謝頭目，我會加油的！」

「依麗絲，不可以被騙了，她打算連妳家都侵占耶！」

吾等之團旗在這個國家的王都城堡上飄揚已經是指日可待了。

為此，我們也得先獲得資金才行──

2

「就是這麼回事，請給我工作。最好是能夠長期穩定地賺取金錢，並且又能夠得到名聲，類似這樣的工作。」

「這個嘛，妳覺得去找個地方打工如何？」

來到冒險者公會的我們，為了找工作而向櫃檯小姐商量。

正當愛麗絲以閃閃發亮的眼神看著公會裡的冒險者們時，立刻得到這個冷淡回答的我毫不氣餒地說：

「不是這樣的，我們想要的是更適合我們的工作。我們三個對自己的實力都很有自信喔！所以，有沒有那種在威脅城鎮安全的敵人出現的時候由我們負責擊退，但是相對的平常要給我們保護費之類的工作……」

「不久之前好像有一間保全公司開始做起類似的業務，但是沒多久就倒閉了耶。」

聽櫃檯小姐這麼說，一旁的芸芸不知為何別開了視線。

關於那間倒閉的保全公司，她是不是知道些什麼啊？

「姑且先不說這個，我總不能分派太野蠻的工作給你們三個女生吧……」

問題果然是出在我們的外貌啊。

之前在找同伴的時候，我們也是因為外貌而吃了很多苦頭。

「拜託妳，大姊姊，不是那種可以一次賺到一大筆錢的工作也沒關係！請給我可以穩定賺錢，同時又可以受到鎮上的人們感謝，進而讓大家想加入盜賊團的工作！還有，可以的話最好是戰鬥類的工作！」

「符合那種條件的工作也不是說有就有呀…………啊！」

或許是想到什麼符合條件的工作了吧，大姊姊輕輕叫了一聲。

「怎麼了，有那種工作嗎？那就麻煩妳介紹給我們！」

「不，要說有是有沒錯，不過該說是已經有人在做了還是怎樣呢……其實是這樣的，城鎮的政府機關委託了一項工作是要驅除在垃圾場作亂的烏鴉，但是不知為何，有個人一直在免費從事這項工作。」

驅除烏鴉。

的確是可以受到鎮民們感謝，原則上也是戰鬥類的工作，既然是公家單位委託的工作應該也可以持續性地穩定賺到錢，但是……

嗯，再怎麼說也不能叫紅魔族和公主殿下去驅除烏鴉吧。

這樣就成了所謂的大材小用，殺雞用牛刀了。

「再怎麼樣我們也不能接下那種委託。身為尊貴的紅魔族，要是得到烏鴉殺手這種不名譽的外號，是要我怎麼活下去啊。別提那個了，沒有其他任務了嗎？不一定要是公家單位，像是大型商店、某某團體之類的也好，沒有那種會穩定提供工作的單位嗎？」

聽我這麼說，櫃檯小姐煩惱了一下。

「原則上，也不是沒有符合妳的條件的任務啦……」

——位於阿克塞爾郊外的一棟看起來最近才剛改建完成，規模中等的教堂前面。

「沒想到我居然還會來到這裡……」

「吶，惠惠，還是算了吧？唯有這裡還是算了吧！」

這裡是阿克西斯教團的阿克塞爾分部。

「這棟教堂不但才剛蓋好，而且好藍好漂亮喔！……妳們兩位不進去嗎？」

或許是因為不太了解阿克西斯教團，只有抬頭看著教堂的愛麗絲一個人說出這種天真的感想。

「依麗絲，這是這個城鎮當中最為棘手的團體，這裡是非常危險的地方。如果裡面的人們做出什麼奇怪的舉動，我准許妳出手攻擊。」

「依麗絲，只有這次，惠惠所說的完全正確。要是有什麼奇怪的人突然跳出來的話，妳不需要客氣。」

聽見我們的警告，愛麗絲歪著頭，輕輕推開教堂的門……

在此同時，一個東西翻倒、破裂的聲音響起。

「啊啊！放在門前面那個據說只要持有就可以得到幸福的昂貴陶甕！摔破了這個的一定是不懷好心，想要奪走我的幸福的人吧！既然如此，只好請你選擇要養我一輩子，還是要賠償，還是要信仰阿克西斯教以示負責……哎呀，這不是惠惠小姐和芸芸小姐嗎？」

亢奮不已地一口氣說完這些台詞的祭司一看見我們，便露出一臉傻愣的表情。

「不好意思，我們是接了公會的委託才過來的……還是說我們可以走了？」

聽見我這麼回答，賽西莉的表情為之一亮。

「——那個，我真的不用賠償嗎？只要持有就可以得到幸福的陶甕，一定是相當昂貴又強而有力的魔道具吧……」

見愛麗絲一臉歉疚地這麼說，賽西莉的眼中浮現感動的眼淚，並且像是要祈禱似的握起雙手。

……不，她是真的開始祈禱了。

「啊啊，感謝阿克婭女神！沒想到女神竟然派一個如此純真的小蘿莉來我身邊……！」

已經完全不管什麼委託的賽西莉看來今天依然是正常運轉。

或許還是當作什麼事情都沒發生過，直接走人比較好吧。

「依麗絲，那個陶甕是這位大姊姊故意擺在門前的，所以妳不用在意。她就是在等人開門打破那個陶甕，是一種相當惡毒的手法，藉此刁難打破陶甕的人，以賠償金為名義大敲竹槓，或是逼迫對方入教。」

見愛麗絲依然一臉擔心又為難的樣子，我為她說明了賽西莉在做什麼。

結果，聽了我這番說明，愛麗絲不知為何對賽西莉投以尊敬的眼神。

「居然還有這種手法可以獲取金錢、增加信徒，我連想都想不到。賽西莉小姐真是聰明呢！」

「依麗絲，不需要為了這種事情佩服她！這位賽西莉小姐的所作所為已經遊走在犯罪邊緣了！」

我倒覺得已經是遊走在合法邊緣的犯罪了。

「妳是依麗絲小姐對吧？我是這間教堂位階最高的人，也是阿克西斯教團的美女祭司，名叫賽西莉。不用客氣，叫我賽西莉姊姊就可以了。」

「好的，請多指教，賽西莉姊姊。我是依麗絲。」

依麗絲乖乖叫了賽西莉姊姊，讓賽西莉的呼吸開始變得越來越沉重，越來越急促。

「吶，惠惠小姐，我會不會明天就死掉啊？我會不會因為今天把運氣統統用完，而結束此生啊？」

「這種程度的小事就可以讓妳的人生圓滿了嗎？依麗絲，這樣會害這位大姊姊的情緒變得不穩，至少停留在大姊姊的階段就好了。」

「這、這樣啊，我、我知道了……」

「啊啊，怎麼這樣！」

賽西莉似乎大受打擊，不過再這樣下去的話完全沒有辦法談事情，所以我硬是改變了話題。

「好了，言歸正傳……我們是接了公會的委託，才會來到這裡的。我們可以談一下工作的事情嗎？」

我拿出公會給的委託書，遞到沮喪地蹲下去抱著膝蓋縮成一團，開始鬧起脾氣的賽西莉面前。

3

「好了，那麼我們來談工作上的事吧。話雖如此，其實也不是什麼太困難的工作。委託內容就和告示上面寫的一樣。」

我們從公會接到的工作大致上有兩項。

一項是最近這間教堂附近有可疑人物出沒，要找出犯人並擊退之。

另一項是擔任顧攤小姐，確保教團的資金來源。

姑且不論搜尋可疑人物，顧攤小姐算是相當好賺的工作。

聽說只要一個月固定來個幾次，每次露臉幾個小時就可以了。

光是這樣，就可以分到營業額的一成。

顧攤小姐的工作原本附註需面試，不過賽西莉表示我們沒問題。

我不知道她到底想賣什麼，但是條件可以說是超乎尋常的好。

「顧攤小姐的工作感覺很輕鬆所以沒關係。至於另外一項工作……」

聽我這麼一問，賽西莉伸出手指抵著自己的臉頰，露出煩惱的表情。

「事情是最近這一陣子發生的……」

根據賽西莉的說明，教堂後面的田地裡種的蔬菜會被偷吃，放在教堂冰箱裡的食物也會被偷拿走。

聽說犯人完全不會發出任何聲響，等到發現的時候食物就已經不見了。話雖如此，即使問了附近的鄰居，也得不到任何可疑人物的目擊情報。

「偷蔬菜又亂翻冰箱啊。真搞不懂犯人的目的是什麼。如果目的是偷取食物的話，也不需要特地對這麼危險的地方下手吧。比起這種被抓到的話不知道會被怎樣的地方，應該有更安全，也更容易下手的地方才對吧。」

「吶，惠惠小姐，我覺得阿克西斯教團並沒有那麼狠毒，也沒有那麼惹人厭耶。」

正當我煩惱著該如何找出犯人的時候，芸芸戰戰兢兢地開了口：

「惠惠，這該不會是某種出自怨恨的舉動吧？比方說被阿克西斯教團害得很慘的人前來報復之類的……」

「挾怨報復是吧……大姊姊，妳記不記得自己做過什麼會遭人怨恨的事情啊？無論是多小的事情都可以說來聽聽。」

聽我這麼說，賽西莉抬頭看著天花板，像是在回想什麼似的。

「……我不太清楚耶。」

說完，她一臉哀傷，輕輕搖了搖頭。

阿克西斯教團的祭司不可能沒有遭人怨恨——我好像因為這種先入為主的觀念，說出了有點失禮的話也說不定。

「這樣啊。不好意思，我問了奇怪的問題。也罷，其實是在自己也不知情的狀況下給別人添了麻煩，結果因此反遭怨恨，這也是很有可能的事情……」

「不，我不是那個意思。應該說是因為我做過太多會遭人怨恨的事情，所以根本無從鎖定起吧……」

「我對妳失望透頂了，把我剛才的道歉還給我！妳到底都幹了些什麼好事啊，我們乾脆去向所有妳想得到的人道歉算了！」

但賽西莉果然還是賽西莉。

「話又說回來了，如果被偷的頻率那麼高的話，沒有目擊者也太奇怪了吧。賽西莉小姐，犯人有沒有固定的犯案時間啊？」

「妳問犯案時間我也不知道啊，我都是等到發現的時候才知道食物不見了……」

芸芸和賽西莉看著彼此，苦思不已。

「大姊姊，妳和鄰居的關係怎麼樣呢？比方說，妳是不是做過什麼多餘的事情，導致鄰居和犯人合夥犯案之類的……」

「就算是我也不敢小看和鄰居的關係好嗎。在上一個城鎮的時候，我就是因為經常和鄰居發生衝突，結果鬧出差點必須搬離原址的騷動呢。」

我到底該拿這個人怎麼辦才好呢？

「無論如何，沒有線索的話也無從查起。追查犯人的工作晚點再說，妳先告訴我們顧攤小姐的工作到底要賣什麼東西吧。」

聽我這麼說，賽西莉興高采烈地從教堂裡面抱了一樣東西出來。

是裝在箱子裡面的大量白色粉末。

「……不好意思，大姊姊，這該不會是……」

我的問題還沒問完，賽西莉卻豎起食指說：

「噓——！惠惠小姐，不可以繼續說下去了。這是只需要放進嘴裡就可以變得非常幸福的，很普通的粉末喔。」

「咦咦！」

聽她這麼說，芸芸露出震驚的表情，愛麗絲則是歪頭不解。

「大姊姊，這是違禁品對吧？要是被發現了，可是又會挨罵的喔。」

「又！又的意思是妳已經有前科了嗎！」

芸芸動不動就插嘴吐嘈，而聽見違禁品這幾個字，愛麗絲的眉毛也動了一下。

「呵呵，沒問題啦惠惠小姐。這不是那個違禁品。而是以那個為基礎，經過改良再改良，還沒有遭到禁止的特製品。而且也已經確認過對人體無害了。呵呵呵呵，一旦吃過這個之後，這個城鎮的大家也會變得沒有這個就不行了！」

「！」

見賽西莉露出可疑的笑容，芸芸便從腰間抽出魔杖。

接著她以魔杖指著賽西莉，一臉哀傷地厲聲表示：

「我原本還以為賽西莉小姐雖然個性很那個，言行也很奇怪，但並不是會做出這種事情來的人！賽西莉小姐對我而言也不是陌生人，所以我一定會讓妳改過自新的！」

芸芸好像產生了什麼重大的誤會。

接著，愛麗絲也輕輕抽出劍來。

「既然會被指定為違禁品，應該都是會危害這個國家的東西才對。而且還是經過改良的特製品的這番話，既然都被我聽到了就不能置之不理。」

「等一下，妳們兩位為什麼要用那麼嚴厲的態度對待姊姊啊？如果我做錯了什麼我願意道歉，也會把這個分給妳們兩位！」

正當賽西莉因為事出突然而著急到不行的時候。

「居然還想引誘我們用那種東西……難道說，妳該不會也引誘惠惠用過這種東西吧？」

「咦？這……這是當然的吧，我想跟她分享這個的美好之處啊……」

芸芸的眼睛發出紅光。

怎麼搞的，總覺得我好像看過類似這樣的劇情。

「等一下！妳們聽姊姊說！姊姊覺得妳們一定是誤會什麼了！」

這時，我對一點一點逼近感到害怕的賽西莉的兩人說：

「我看妳們好像是誤會什麼了。這是因為容易害小朋友和老人家吃了噎到，現在被禁止交易的點心，瓊脂史萊姆的粉末。」

「「咦！」」

舉著武器的兩人聽了我這番話，停下動作。

「嗚嗚……這可是老爺爺吃了也不會噎到的，劃時代的特製品耶……」

見賽西莉哭哭啼啼的，兩人只能面面相覷。

4

「——真是的！大姊姊怎麼可能會經手那種可疑的粉末啊！我好歹也是神職人員喔！」

「「對不起！」」

賽西莉因為立場翻轉而採取強硬態度開始說教，而兩人異口同聲地對這樣的她道歉。

我覺得是賽西莉每次遣詞用字都很容易引人誤會的問題就是了。

「這可是我花了很多時間改良，不會哽在喉嚨的劃時代特製品。可是，如果直接用瓊脂史萊姆這個名稱拿出去賣的話會引來警察關切，所以我想用『阿克西斯教團的白粉』這個名稱來賣。」

「我覺得這個名稱肯定更容易引來警察就是了。」

我們討論了一陣子之後的結果，決定至少用「阿克西斯教團的那個」這種神祕的名稱定案。

應該說，她真的想賣這個嗎？

最根本的問題是，這個真的賣得出去嗎？

儘管我們心裡這麼想。

「那麼，我們立刻動身吧！只要有妳們在，一定很快就可以銷售一空！」

賽西莉還是興沖沖地搬起裝著那個的箱子。

——嗯，我早就有不祥的預感了。

「頭目大人，我們只是把粉末交給客人而已耶，做這種工作拿那麼多錢真的可以嗎？總覺得這項工作未免太簡單了。」

將那個親手遞給一位客人的愛麗絲露出一臉不解的表情這麼問我。

我也同樣拿了一包那個交給客人。

「工作本身是很單純，確實也很輕鬆沒有錯。不過，我們還是有足夠的權利收取昂貴的工資。」

然後斜眼瞄了一下賽西莉。

「來來來，這是吾等教團以有點不可告人的手法製造出來的『阿克西斯教團的那個』喔——！使用方法非常簡單，只要用水調開，吃下去就可以了！黏黏稠稠的包君滿意！來來來，大家想不想吃吃看那些美少女拿在手上的那個啊？」

該怎麼說呢，這肯定已經出局了吧。

從各種層面來說都出局了吧。

為什麼這個人的遣詞用字總是這麼那個啊？

我身旁的芸芸聽著賽西莉的攬客台詞臉都紅了，卻還是認真地將那個交給上門的客人。

之所以說顧攤小姐需要面試，原來是這麼回事啊。

美少女親手把那個交給客人。

我們要做的事情只有這樣，不過……

「請問，這個果然是那個違禁品對吧？」

「可不是喔，這位客人。這是經過改良以後已經符合安全標準，不再受到管制的那個。來來來，保證上癮喔。」

「我要了，我要三包！」

儘管攬客方式如此可疑，那位先生還是特地從我們三個手上分別買了一包那個。

「大姊姊，我姑且還是問一下，那真的是改良過的瓊脂史萊姆對吧？是那種口感滑溜，也很好吃的東西對吧？」

「是啊。我不知道惠惠小姐還想到什麼別的東西，不過這是妳說的那種東西沒錯。」

大姊姊和客人的說詞太令人介意，害我忍不住多想。

「來來來，快來買喔快來買喔！美少女們羞怯地緊緊握住的那個！現在只收您……哎呀，這位不是……」

「哎呀，這不是賽西莉小姐嗎，好久不見了。」

一位路過的老紳士看見賽西莉，向她搭話。

他們兩位似乎彼此認識。

「喔喔，這該不會是……！是那個嗎？用熱水調開然後那個之後，就可以品嚐到天國的滋味的那個……！」

「沒錯，就是把那個再經過那個之後，將對人體的影響降到最低限度的東西。既然彼此都是同好，我就稍微分你一點……」

「這真的是瓊脂史萊姆對吧！這真的純粹只是遭到管制的瓊脂史萊姆對吧！」

「「噓——！」」

我忍不住如此大喊，不知為何卻反過來被凶了，簡直不可理喻。

5

結果，在各種意義上都相當引人非議的那個，一下子就賣完了。

遣詞用字當中的猥褻詞彙和危險詞彙固然很多，不過最令我意外的是瓊脂史萊姆這種食物其實相當受歡迎，知道了這件事讓我難掩驚訝。

回到教堂來之後，開心的賽西莉出言慰勞我們。

「妳們三位都做得很好！下一次如果可以準備用熱水調開的那個，在客人們眼前吸食的話就更好了……」

「我才不要！吶，惠惠，我們再也不會做這個工作了吧？我總覺得這個打工在兩種層面上都不太正經……」

芸芸這麼說的時候，臉上的表情彷彿失去了什麼重要的事物似的，但是這個工作可以在這麼短的時間內賺到一大筆錢耶。

沒有理由不繼續做吧。

「賽西莉大姊姊，我今天很開心！這是我第一次賺到錢呢！」

「啊！等一下，依麗絲小姐，不要用那麼正直的眼神看姊姊！妳這樣害得姊姊忽然好想向阿克婭女神懺悔！」

在愛麗絲以純真的眼神注視之下，賽西莉抱著自己苦悶地掙扎。

不久之後，賽西莉說要讓我們也吃吃瓊脂史萊姆，便逃進廚房裡……

「啊————！又遭殃了！」

然後突然放聲這麼慘叫。

——我們走進廚房，在附近尋找有沒有什麼線索。

「離開教堂之前裡面確實還有食材對吧？」

「有，不會錯的。因為瓊脂史萊姆的粉末也存放在這裡，那個時候我也確認過食材的數量。」

犯案時間只有我們去賣那個怪東西的這不到一個小時。

我不知道犯人到底帶走了多少食材，但除非是待在教堂外面監視，看見我們都出門之後就動手，不然應該無法以如此精湛的手法犯案才對。

這時，愛麗絲突然大聲表示：

「賽西莉大姊姊，請看這邊，這裡有可疑的痕跡！這顯然是某種拖行的痕跡，應該是帶走食物的人留下來的吧？」

我看了一下，確實有某種將油性物體與地板接觸並拖行之的痕跡。

賽西莉看了，一臉認真地點了一下頭。

「這是不久之前，我在炸天婦羅的時候摔了一跤，打翻了鍋子。我還記得，那個時候我全身沾滿了油在地上打滾，還一邊對自己施展恢復魔法，一邊爬行。」

這個人到底在幹嘛啊？

這時，輪到打開魔道冰箱的芸芸有了新發現。

「賽西莉小姐，妳看這個！不知為何，冰箱裡面有……就是那個……男性用的內褲！在女性住在裡面生活的這間教堂的冰箱當中放了這種東西，犯人肯定是個變態！」

聽她這麼一說，我看了看冰箱裡面，確實放了一件冰涼的內褲。

大概是因為同樣身為女性，看見這種性騷擾無法置之不理吧。

芸芸拿起那條內褲，用力握緊，顯得相當氣憤。

面對這樣的芸芸，賽西莉再次一臉認真地點了一下頭。

「那是一位家裡沒有冰箱的男性阿克西斯教徒放在裡面的。他說洗完澡之後就是要穿冰涼的內褲才舒服，所以每天去大眾浴場之後回程都會繞過來這裡。」

正當芸芸奮力甩開那件內褲時，賽西莉下定決心大喊：

「再這樣下去也沒完沒了。惠惠小姐，既然事情都已經變成這樣了，我們直接去找可能對我懷恨在心的人，一個一個問清楚吧！惠惠小姐只要在我後面亮起紅眼，用力揮舞法杖就可以了。然後我會這麼說！你應該有話要告訴我才對吧？不乖乖開口的話，後面那個紅魔族會怎麼樣我可不知道……」

「我不會協助妳恐嚇別人喔！請妳好好跟人家談！」

——第一個嫌犯，是地點離阿克西斯教堂最近的肉店的大叔，我們決定先找他問話。

「好了，請你一五一十地招出來吧！之前我說『請給我像十四歲左右的女生的臉頰一樣柔軟的肉』的時候，你說誰知道啊，還一副很不耐煩的樣子對吧？後來我開始散播『那間肉店根本不懂肉的好壞，是一間沒用的肉店』的流言，所以你就憤而犯案……」

「喂，妳等一下，妳上次來店裡提出那種腦洞的要求妨礙我做生意也就算了，居然還散播那種謠言嗎！跟我一起去警察局，我要告妳妨礙營業！」

「啊啊，請、請你先等一下，別鬧上警察局！最近我每次去那裡的時候，有個感覺人還不錯的年輕小夥子就會露出輕蔑的眼神說『怎麼又是妳』！至少等我先確認過那個小夥子有沒有戀人之後再說……！」

……還是丟下她先走人好了。

我以這樣的眼神看向芸芸，結果她好像難得接收到我的訊息了，點頭如搗蒜。

好，走人吧。

「……不好意思，這位叔叔，請您先等一下。我也向您道歉，可以請您原諒賽西莉大姊姊嗎？」

在難以化解的緊張氣氛之中，突然響起天真純潔的少女的聲音。

「這、這個嘛。沒有啦，該怎麼說呢，說要上警局是我太衝動了。好、好了。看在這個小妹妹的分上，我原諒妳就是了，妳可別再做出這種事情來了喔。」

在愛麗絲以央求的眼神注視之下，肉店的大叔別過頭去，對賽西莉撂下這句話。

目送著大叔慢步走回店裡的身影，賽西莉哭喪著臉，巴住愛麗絲。

「啊啊啊啊依麗絲小姐謝謝妳咿咿咿！為了答謝妳，姊姊收妳當妹妹！」

「這、這個就……不用了……我最近才剛多了一個新的哥哥……」

望著困惑的愛麗絲，我心裡想著錯失了丟下賽西莉的機會，正覺得有點可惜的時候。

「剛才真是好險啊。被那個大叔套話了。」

「是大姊姊自己大嘴巴，自己被逮到而已吧。」

重新振作起來的賽西莉沒有理會我的吐嘈。

「接下來就去那裡吧！沒錯，就近一個一個問這種想法根本大錯特錯！應該直接去機率最高的地方逼供才對！」

她這麼說完，沒有等我們回應就衝了出去。

「她好有行動力喔……」

愛麗絲說出這樣的感想，不過我覺得那不能說是有行動力，只是什麼都沒在想而已。

「……吶，惠惠，今天還是應該吃完便當就回家才對吧。」

唯有今天我無法反駁。

6

我們跟在賽西莉身後追了上去，結果該說是不出所料呢，還是該說果然是阿克西斯教團的宿敵呢。

「混帳，該死的艾莉絲教徒，快滾出來！把我留著捨不得吃的統一布丁還給我！」

賽西莉一腳又一腳踹著艾莉絲教團的教堂的門。

「依麗絲不可以看！不要看人的那一面，妳要維持著心靈的純淨繼續成長。」

為了不讓愛麗絲看見賽西莉現在的模樣，芸芸從她身後摀住她的眼睛。

「大姊姊，妳怎麼沒頭沒腦的就這樣亂來啊？我知道妳和艾莉絲教團的關係很不好，不過這樣也太躁進了吧！」

儘管我打算帶走賽西莉，她卻開始拍打教堂的門，不肯從教堂前面離開。

就在這個時候。

「妳怎麼又跑來了！都叫妳別再來我們的教堂了，到底要說幾次妳才聽得懂啊！」

艾莉絲教的祭司打開教堂的門，出現在我們面前。

——我們說明了狀況之後，艾莉絲教的祭司重重嘆了口氣。

「不好意思，我們平常忙著治療冒險者們的傷勢、分發救濟餐，並沒有閒到可以去你們的教堂搗亂。而且我們並不缺乏食物。侍奉艾莉絲女神的我們怎麼可能會偷東西呢？」

「騙子！真的不缺食物的話，上次我故意在妳眼前啃串燒給妳看的時候，妳就不會用那種眼神看著我了！」

「妳還做了這種事啊？」

儘管我傻眼地如此嘀咕，不知為何艾莉絲教的祭司卻瞬間露出畏縮的表情。

「艾莉絲教以清貧為美德。不過是有人在眼前吃串燒，我才不會……」

「啊！妳又說謊了！我說艾莉絲教徒就是因為缺乏蛋白質才不會長胸的時候，妳明明還挺煩惱的！」

「妳、妳這個傢伙，可恨的叛教者，竟敢口出狂言！」

拉開又開始打架的兩個人之後，我忍不住出言抱怨：

「我知道兩位的宗派之間關係並不好，可是為什麼妳們身為神職人員卻老是打架啊？」

艾莉絲教的祭司似乎因為自己淪落到和賽西莉一樣的水準而感到羞恥，臉赫然變紅。

「嗚……這、這個嘛。我真是太丟臉了……」

「哈哈哈，被罵了吧！」
「大姊姊也一樣啦！」
正當我對在我背後繼續挑釁的賽西莉感到傻眼的時候。
「可是，這個胸墊祭司也不知情的話，到底是誰啊……想得到的人還剩下太多了，真的完全無法鎖定是誰幹的……」
「妳再不收斂一點的話，小心我拿錘頭杖去妳的教堂踢館喔。」
我硬逼賽西莉向遮住胸部的艾莉絲教祭司道歉之後，離開了現場。
該怎麼說呢，這真的是挾怨報復嗎？
畢竟，就像艾莉絲教徒剛才的反應一樣，無論有多火大，大家還是不會想跟阿克西斯教徒扯上關係。
既然如此，就算稍微吃了點虧也不會有人去報復吧？
「大姊姊，我們再回教堂去看一下如何？」
我對正打算在艾莉絲教堂的招牌上塗鴉，但遭到芸芸和愛麗絲制止的賽西莉如此提議。
「——又遭殃了。」
回到教堂之後便這麼表示的賽西莉癱坐在地上。

「損失多少啊？我覺得看起來沒有比剛才少太多耶……」

我瞄了一下坐在冰箱前面的賽西莉，看著裡面的東西，但是看不出太大的變化。

「我放在最裡面的瓊脂史萊姆不見了……這到底是第幾次了啊……每次都可以針對我最喜歡吃的東西來偷，難不成這也是魔王軍搞的鬼嗎？」

「我不覺得魔王軍會來一間小教堂從冰箱裡面偷走點心就是了，不過我注意到一件事情。」

剛才愛麗絲找到的那個拖行的痕跡。

那個痕跡從廚房一直延續到教堂的後門。

我記得賽西莉說，遭竊的有教堂的冰箱，和後面的田裡的作物。

我用力推開後門一看——！

「……那個，大姊姊。瓊脂史萊姆在吃蔬菜耶。」

「啊啊，怎麼會這樣！應該已經被我宰掉的史萊姆居然活力十足地大吃特吃……！難道是阿克婭女神引發的奇蹟嗎！」

「賽西莉小姐，這怎麼看都是史萊姆引發的事件吧！請妳去向懷疑過的人們道歉！」

「——真是一起……令人討厭的事件呢……」

犯人是被賽西莉魔改之後，生命力變得更加旺盛的史萊姆。

見賽西莉看著遠方，一點也沒有要反省的意思，我和芸芸便開始教訓她，訓著訓著卻被愛麗絲制止，說適可而止就好。

「真是的，依麗絲應該要多了解一下阿克西斯教徒才對。再怎麼不諳世事，也該有個限度吧。」

「雖然妳們這麼說，可是我不覺得賽西莉大姊姊是個多壞的人啊……對於看人的眼光，我很有自信喔。」

我覺得她的眼睛大概和阿克婭差不多瞎。

這時，我發現挨了我們罵的賽西莉好像不太對勁。

自動跪坐在地板上的賽西莉，整個人不停微微顫抖……

「依麗絲小姐，請妳務必要加入阿克西斯教團！沒錯，妳絕對應該這麼做！」

「依麗絲，今天該回家了。打從一開始我就不該帶妳來這裡，我也不會再帶妳來這裡，所以請妳把今天發生過的事情全部忘掉吧。」

光是把愛麗絲帶到王城外面來就已經夠糟糕了，要是她在我不注意的時候被迫加入阿克西斯教，那我肯定只有死刑一途。

「賽西莉大姊姊，我對阿克西斯教的教義不太清楚，請問到底有些哪些內容呢？」

「問得好！依麗絲小姐有沒有在忍耐什麼事情啊？以我們阿克西斯教的教義來說，忍耐對身體有害，請忠於自己而活，這就是最主要的教義。可以做自己喜歡的事情。可以再任性一點也沒關係。如果有喜歡的人的話，無論對方的身分地位有多麼崇高也不需要忍耐，反而應該想著來硬的也要將喜歡的人的身分地位拉低到和自己一樣的水平，憑著這樣的衝勁行動才對。」

「依麗絲，不可以聽！乖，把耳朵摀起來！」

見賽西莉興高采烈地開始傳教，芸芸便趕緊摀住愛麗絲的耳朵。

——就在這個時候。

有人猛然打開教堂的大門，同時，一道熟悉的聲音在裡頭迴盪。

「消息指出有個金髮碧眼的可愛少女被帶進這裡來了。所有人不准抵抗，乖乖就範……啊啊，依麗絲小姐！我找到您了！」

出現在那裡的是身穿白色套裝的女護衛，克萊兒。

愛麗絲見狀便垂頭喪氣，垮著肩膀說：

「已經到了來接我的時間了啊……」

「依麗絲小姐，並不是來迎接您的時間到了！我一開始就不曾允許過您出來外面遊蕩啊！」

感覺越來越習慣這個狀況的愛麗絲害得克萊兒不禁如此吐嘈，這時，賽西莉快步走向克萊兒。

「不好意思，請問您是……？初次見面，我是本教堂的負責人兼任祭司，阿克西斯教團阿克塞爾分部長，名叫賽西莉。依麗絲小姐在這裡由本教堂照顧得相當妥善，所以用不著擔心。您儘管放心吧。」

說著，明明是反過來被我們照顧得相當妥當的賽西莉，以完全不像是阿克西斯教徒的真誠態度應對自如。

「咦？這、這樣啊，勞煩您了。」

或許是被賽西莉影響了吧，克萊兒瞬間困惑了一下之後……

「我是依麗絲小姐的護衛，名叫克萊兒。看來依麗絲小姐似乎受到了您的照顧，真是非常感謝您。原來阿克西斯教團當中也有像您這樣的人啊。」

也跟著這麼說，並且端正姿勢，深深一鞠躬。

這位大姊姊明明相當易怒，之前甚至還想拔刀砍向和真，但如果是為了愛麗絲，好像也能夠如此以禮待人。

正當我像這樣偷偷在心中感到佩服的時候。

「這樣啊，您是依麗絲小姐的護衛……我現在正好在為依麗絲小姐講授阿克西斯教的教義。如何？護衛小姐也請一起聽吧。」

「講授阿克西斯教教義！不、不用了，我不能容許那種會引發重大問題的事情……不對，應該說依麗絲小姐尚未成年，所以您這樣做會造成我們的困擾……更何況，依麗絲小姐必須維持公平的觀點才行，所以若是傾向特定的宗派，會讓我們很為難……」

在對方是明智的神職人員，又是女性的狀況下，即使是克萊兒也無法過於強硬，只能設法婉拒。

「您很適合當阿克西斯教徒。我看得出來，因為我從您身上感覺到志同道合的氣息。」

「志、志同道合的氣息……」

克萊兒露出有點厭惡的表情，聞了聞自己的衣袖。

「您是不是犯了不可能結合的相思病？心中是不是懷有不見容於世的愛意？在阿克西斯教，只要對象並非不死怪物和惡魔女孩，無論是同性還是身分地位差距，一切的一切都可以得到寬容。」

「無論是同性還是身分地位差距都沒關係嗎！這這、這真是太……可是……」

不知道是阿克西斯教的哪個部分觸動了她的心弦，只見克萊兒顯得動搖不已。

「來吧，忍耐對身體有害喔。忍耐這兩個字違反阿克西斯教的教義。順從您的渴望，依循您的意念……！」

「啊啊啊啊！我、我今天就先告退了！依麗絲小姐，請向各位道別！」

大概是覺得再聽下去會不太妙，克萊兒牽起依麗絲的手，連忙準備離開教堂。

「……那麼，頭目大人、芸芸小姐、賽西莉大姊姊，明天見！」

「沒有明天見！您別想出門，我明天會監視您一整天！」

知道要被帶回去的時候還垂頭喪氣的愛麗絲，現在不知為何一臉開朗，向我們揮了揮手就被帶走了。

「——感覺明明很有可能成功的說，可惜被她跑走了……」

賽西莉遺憾地表示。

她覺得很有可能成功的是愛麗絲，還是克萊兒呢？

感覺只要再用力勸說一下，兩個人都很有可能加入阿克西斯教團，讓我感到很害怕。

「惠惠，那位克萊兒小姐說『依麗絲小姐必須維持公正的觀點才行』對吧，那依麗絲該不會是……」

說到這裡，芸芸用力甩了甩頭。

像是想說「這不可能」似的。

而我丟下這樣的芸芸，轉身面對賽西莉。

「大姊姊。」

「妳以前叫過我賽西莉姊姊的，真希望妳改回去……」

我對依然故我的賽西莉說：

「其實，我們希望打工不是只有這次，今後也想持續賺錢。」

「這對我而言也是好事一樁。除了『阿克西斯教團的那個』以外，我還有很多應該賺得到錢的好主意喔。『美少女捏的飯糰』、『美少女吹的氣球』、『美少女……』……」

「全都只是美少女做的東西而已嘛！可以的話我希望是比較正當一點的賺錢方式……」

聽我這麼說，賽西莉開心地咯咯笑了幾聲。

「妳這麼想賺錢，是不是和剛才被帶回去的依麗絲小姐有關啊？」

賽西莉平常明明是個很隨便的人，只有在這種時候就像是完全看穿了我的想法似的。

「這個嘛，和那個孩子也算是有點關係啦。如果我們能夠穩定地賺取資金，逐漸將吾等之組織做大的話，我相信，總有一天，協助那個人打倒魔王也不是白日夢……」

「打倒魔王也不是白日夢啊，口氣還真不小呢！」

沒錯，並不是白日夢。

我總覺得，那個難以捉摸的面具盜賊應該連魔王都有辦法打倒。

然後，如果打倒了魔王的話……

「等到世間因為沒有魔王而變得和平之後，我想，那個孩子一定可以比現在更自由地在外面走動吧。」

到時候，無論要像今天一樣出來野餐還是要約她做什麼都可以了吧。

那個孩子一定也會很開心才對。

「關於賺錢這回事我不太拿手，所以可以請妳協助我嗎？大姊姊感覺很擅長想各種方式來賺錢。」

照理來說，我其實大可拜託那個男人就是了。

不過，等到我們的組織變得更大之後，我是想向他炫耀沒錯。

芸芸對於我想拜託這位令人傷腦筋的大姊姊這個決定似乎也沒有什麼異議，還帶著有點開心的表情點了頭。

然而……

「我可不會輕易答應喔。」

賽西莉搖了搖頭，像是想說不會被這種博取同情的說詞所蒙蔽。

「我是特別喜愛小蘿莉的阿克西斯教徒。既然依麗絲小姐和惠惠小姐、芸芸小姐在做那麼好玩的事情……」

然後突然冒出這番令人無言的台詞，眼睛閃閃發亮地表示：

「如果妳們讓大姊姊也加入那個可疑的組織，大姊姊就願意答應！」

7

「——我回來了～」

「嗨，妳回來啦，惠惠。今天我要大展廚藝，好好做一頓大餐！敬請期待！」

今天同樣回到豪宅之後，呼吸急促的達克妮絲跑出來迎接我。

接著，沒規矩地躺在大廳沙發上的和真說：

「吶，惠惠，妳也去阻止她一下啦。我昨天不過是稍微嫌棄了一下她的料理，這個傢伙就說什麼今天一定要讓我刮目相看，有夠難搞的。」

「不准說我難搞！明明就是因為你這個傢伙瞧不起我！你等著瞧，再怎麼說我也是個女人，我今天的料理絕對不會輸給你這個尼特！」

正當達克妮絲一邊發脾氣，一邊準備窩回廚房裡的時候，和真對這樣的她說：

「喂，達克妮絲，像昨天那種湯湯水水的東西不合我的喜好喔——！那或許是高級料理，不過我喜歡的是更垃圾食物類的東西。我今天想吃比較油膩的料理。」

「油膩的料理啊……我都已經煮了，不過既然你都這麼說那也沒辦法，我就另外再追加一道菜好了。真是的，想這樣耍任性的話就不能早點說嗎……」

這時，達克妮絲的話還沒說完，換成阿克婭打斷了她。

「我想吃清爽一點的東西耶。如果是口感滑溜的東西就更好了。」

「口感滑溜……我想想，那就是麵類嘍？嗚嗚，沒辦法，我現在馬上再追加那一道就是了……惠、惠惠呢？」

連阿克婭也追加指定了一道菜之後，達克妮絲也問了我有沒有什麼要求。

「妳已經煮了對吧？那我吃那個就可以了，達克妮絲煮的東西雖然普通，但也沒有不好吃的。」

「不要連惠惠都說普通好嗎！不過，妳沒有亂點東西真是太好了。我現在馬上準備追加的料理，你們稍等一下。」

說完，達克妮絲又窩回廚房裡，阿克婭則是拿著那套戰棋遊戲來到躺在沙發上的和真身邊。

「和真先生、和真先生，在晚餐煮好之前和我對戰一局吧。今天的我不太一樣喔。畢竟我今天有壓箱底的祕密計策。」

阿克婭一邊說著這種怎麼聽都是敗戰旗標的台詞，一邊迅速擺好棋子。

「什麼壓箱底的祕密計策啊。妳上次也說過同樣的話，還說『既然沒有時間限制我就用牛步戰術！我的腦袋或許拚不過你，不過比體力的話我可不會輸！我會花上很多時間，玩到熬夜也在所不惜，你就好好加油吧！』之類莫名其妙的台詞，結果才開始玩十分鐘妳就睡著了。」

「吵死了，那個歸那個，這個歸這個好嗎。嘿嘿，我這次的計策很厲害喔！先攻讓給和真。來，請下吧。」

相對於自信滿滿的阿克婭，和真動了一顆棋。

「你中計了和真！聰明的我想過了。只要故意選擇後攻，和對手走完全一樣的棋步就可以了！換句話說，對手等於是在跟實力與自己相當的人對決。可是，執行這個戰術的人是我。沒錯，只有對手的力量會戰到不相上下，但如果再加上我的力量呢？」

自信十足的阿克婭一邊這麼說，一邊走了與和真完全相同的棋步。

「沒錯，這個劃時代的作戰計畫能夠贏過任何對手，是可怕祕密策略！我不需要思考任何事情，只要模仿對手下棋就好。等到對手因疲勞而失誤的瞬間，我再拿出真本事……！」

說到這裡，阿克婭僵住了。

看來她很快就陷入了危機。

自己說出要模仿對手下棋的話，只會被先攻的人任意擺布。

沒有理會煩惱到開始低吟的阿克婭，我抱起跑到我腳邊來磨蹭的點仔，同時報告今天發生的事情。

「和真，我今天的戰果相當豐碩喔。首先，吾等軍團成功獲得了今後的活躍所需的穩定資金來源。如此一來可以說是朝目標邁進了一大步吧。」

聽我這麼說的同時，和真的視線沒有從棋盤上移開。

「那真是太好了。獲得資金來源是怎麼辦到的啊，妳們去打工嗎？」

「算是吧。我們接了公會的委託，還打倒了史萊姆。」

然後用力下了一步棋。

「驅除史萊姆啊。如果是這種程度的委託，以妳的等級或許不會有危險，但要是其他小朋友面臨危機的話，妳可要出手救他們喔。哎呀，這麼快就將軍了啊。」

「吶，太奇怪了吧。我們明明是走同樣的棋步，為什麼是我比較不利啊？」

看來他好像還是只把我在做的事情當成小朋友在玩耍的樣子。

他可能以為我只是和附近的小朋友一起趕跑了史萊姆吧。

也罷。

等到組織變得更大，大到會讓和真嚇到軟腳的規模之後再好好告訴他真相也不錯。

「各位，晚餐煮好了。今天你們絕對無從挑剔。好了，到位子上坐好吧！」

在我幫忙將達克妮絲端出來的晚餐擺到桌上的同時。

「這麼說來，還有一件事。」

相對於緩緩下了一步棋的阿克婭，和真不假思索地反擊，迅速解決掉棋局。而我對這樣的他說：

「我們又多了一位新團員。」

亂鬪的盜賊團
第三話

1

——太順利了。

首先，我們在盜賊團成立的第一天就得到了祕密基……我是說活動據點，以及力量強大的基層戰鬥員。

然後上次也成功獲得定期收取零用錢……不對，我是指盜賊團的資金來源，以及會用恢復魔法的團員。

老實說，我沒有想到會進展得這麼順利。

應該說，感覺組織規模會變得比我當初設想的還要大。

因為……

「——惠惠小姐，聽我說聽我說！大姊姊寄信回阿克西斯教團的總部報告這個盜賊團的事情，結果想要入團的詢問度高到爆表。這應該是一舉擴大勢力的大好機會吧。」

藉機把行李搬進我們當作活動據點的，阿克塞爾最大的宅邸裡住了下來，現在已經把自己當成宅邸主人的賽西莉對我這麼說。

「……阿克西斯教徒啊。不好意思，讓我稍微考慮一下。」

占領了看起來很貴的沙發在上面滾來滾去的賽西莉，那個模樣讓我聯想到我們家的阿克婭。

如果阿克西斯教徒全都像這樣的話，我實在不太想答應讓他們入團。

「我在信上寫到成員除了我以外只有小蘿莉，結果傑斯塔大人就說要辭去教主之位過來這裡，好像還鬧出了一陣騷動呢。要是碰上了什麼麻煩，阿克西斯教團隨時都願意協助妳們喔。」

「謝、謝謝大姊姊，要是真的有需要的話再拜託你們了。」

我不禁感到渾身無力，應該不只是因為使用過爆裂魔法之後耗盡魔力的緣故吧。

這時，剛才還在讀信的芸芸也坐立難安地對著和賽西莉一樣把自己埋進沙發裡的我說：

「那、那個，惠惠？我最近也寫了信給父親大人，結果回信上面說我們在做的事情好像很帥氣又很好玩，所以紅魔之里也有很多人表示希望可以加入我們耶……」

「…………不，紅魔族的大家有監視魔王城這個重大任務在身，而且更是在王都陷入危機的緊急事態時以備不時之需，形同隱藏王牌的戰力，不可以來這種地方吧。」

故鄉的各位以戰力而言無從挑剔。

沒錯，如果是要闖進魔王城的話確實無從挑剔，但是我們要對付的只是黑心貴族。而且我們不是要攻進去當強盜，而是當義賊。

「說的也是，我還想說同伴可能又會變多，開心到都忘了。那我就回信說，要是碰上什麼麻煩再請大家幫忙好了。」

「說、說的也是，到時候再說……」

在我支吾其詞的時候，對於同伴增加感到無上喜悅的那個永遠的邊緣人露出笑容。

看來，規模真的會變得比我當初設想的還要大。

沒錯，因為——

「之前我自豪地對父親大人說我和朋友們組成了一個正義的團體，父親大人便表示需要人手的話想帶幾個優秀的騎士去都可以。父親大人還說，需要資金的時候無論需要多少都可以拿走！頭目大人，要是碰上什麼麻煩的話隨時都可以告訴我喔！」

……嗯，真的是太順利了。

不過，總覺得團體的規模快要和我當初設定的完全不一樣了。

事情就是這樣。

「妳們三個的入團申請人名冊我都收到了，不過我沒辦法完全看完。應該說，這些光論人數就已經比不怎麼樣的騎士團或傭兵團還要多了。我們的目的，是要暗中協助即使遭到懸賞也要堅持自己的道路的銀髮盜賊團，可是如此一來無論怎麼想都沒辦法暗中行動吧。」

我稍微休息了一下，魔力恢復到能夠行動的程度之後，便稍微瀏覽了一下她們三個給我的一大疊紙張。

阿克西斯教徒和紅魔族，甚至是在王都也相當出名的騎士和武功高強的冒險者。

我們的目標是像他們那種少數精英制的盜賊團。

我並不是因為突發奇想而開始的事情變得比自己設想的還要誇張而開始退縮。

正當我苦口婆心地如此勸說她們的時候，芸芸揚起嘴角傻笑。

「……喂，妳有話想說的話就說啊，我洗耳恭聽。」

「沒有啊～～？我並沒有覺得惠惠還是一樣不擅長處理超乎預期的事情喔。」

聽那個邊緣人說得好像她早已看穿我的個性似的，於是我擺出架勢準備攻擊她，這時愛麗絲坐立難安地對我說：

「頭目大人，妳說的我都明白，不過至少再多找幾個人吧？我們有兩個魔法師、一個祭司。劍和魔法我都會用，所以在這個小隊我可以擔任前鋒，但是我希望至少可以再多一個前鋒職業的成員。」

「我們不是要去冒險打倒怪物，所以沒有講究隊伍平衡度的必要喔。應該說，以襲擊貴族的宅邸而言，我覺得現在的戰力都已經過強了。」

有兩名紅魔族的大法師，甚至還有繼承勇者血統，強到破壞平衡的公主殿下。

剩下一個的實力如何我不太清楚，不過光是作為事有萬一的時候能夠負責恢復的成員待在隊上就已經是一大助力了。

然而，愛麗絲一臉傷腦筋地表示：

「不好意思，我們可以偶爾去冒險一下嗎？而且我也想要在團內有個後輩，不然我永遠都是最基層的一個……」

「……關於冒險呢，因為那個邊緣人的眼睛也閃閃發亮，一副很期待的樣子，我會考慮看看。話說回來，妳是因為那種無聊的理由才想要新團員嗎？真拿妳沒辦法，我升妳為吾之左手就是了，妳忍耐一下吧。順便告訴妳，右手是芸芸，所以妳可是第三把交椅喔。」

無論頭銜是右手還是左手，我們既不發薪水，也沒有津貼，所以光是說說也不用錢。

而且我們只有四個人，就算是第三把交椅也沒有什麼了不起的，但是愛麗絲聽了還是天真地開心了起來。

再怎麼強，她也不過是個小朋友。

這個孩子或許意外的和芸芸一樣好騙。

「大姊姊呢？吶，惠惠小姐，妳可以封大姊姊一個什麼嗎？也給大姊姊一個可以向人炫耀的頭銜吧！」

問題是這個有時候比愛麗絲還要幼稚的成年人。

我對抓著我的肩膀不住搖晃的賽西莉表示：

「大姊姊已經是阿克西斯教團的阿克塞爾分部長了啊，這個頭銜已經夠氣派了吧。」

「不是那種啦！什麼都好，我也想要像是右手啦左手啦情人啦情婦啦老公啦老婆啦那種更親密的職位！」

「妳說到一半就開始偷渡奇怪的詞彙了喔！……不然顧問之類的應該可以吧。身為祭司，大姊姊應該也會在聽教徒懺悔的時候給人家意見，要是碰上什麼問題的話我就找大姊姊商量……商量……」

找這個人商量……？

「為什麼不把話說完啊？碰上問題的時候隨時都可以找大姊姊商量喔！尤其是戀愛的問題大姊姊最懂了！惠惠小姐現在正值青春期，不是正好嗎？」

正當我覺得賽西莉是個任性的成年人時，她突然說出這種令我為之動搖的話語。

該怎麼說呢，這個人有時候真的很敏銳。

我努力不讓內心的動搖顯露出來，並且說：

「妳怎麼會說這種話啊，大姊姊。我是打算窮究爆裂道之人，才沒有時間為了兒女私情而分心呢。」

「就是說啊，賽西莉小姐。要是惠惠開始討論起戀愛話題，就要懷疑是幻形妖變的冒牌貨喔。」

正當愛麗絲坐立難安地觀望著話題的去向時，三人當中和我的交情最久，眼睛卻不知道長到哪裡去的芸芸亂插嘴揶揄我。

……該怎麼說呢，這個孩子偶爾就是少根筋。

「嗯──根據大姊姊的看法，最近的惠惠小姐該說是變得比較有機可乘呢，還是說待人接物的態度變得柔和多了……而且偶爾會露出那種怎麼看都很少女的表情。」

我本來還想說不過就是阿克西斯教徒，但這個大姊姊或許並不是普通的怪人。

「說穿了，妳一定是對大姊姊抱持著近似愛意的崇拜對吧！畢竟妳正值青春期嘛，這也是沒有辦法的事情。站在大姊姊的立場是隨時歡迎妳喔！對了，每個星期惠惠小姐當四天老公，我當三天如何？我覺得惠惠小姐比較適合當男生。」

看來是我多心了。

或許是對戀愛話題這四個字有興趣吧，愛麗絲一副按捺不住，欲言又止的樣子，但是我不想再被追問下去了。

「妳們夠了喔！言歸正傳……如此一來，我們就已經得到活動據點和資金來源了。接下來要聚集優秀的人才。目前我們團內只有奇人異士，是該找個正常一點的人的時候了。」

「妳給我等一下，我們當中最奇異的就是妳了，居然還敢說這種話。不過，事後找個正常人入團這一點我也贊成。比方說，除了像這樣聚在一起的時候以外也願意和我一起去吃飯，心地善良的人……」

「頭目大人，找前鋒！找個前鋒冒險者才方便去冒險！」

「根據大姊姊的情報，這個鎮上既年輕又有錢的男人大概有四個。只要是上流階級的金髮型男我都不會挑剔，不過如果是願意一輩子寵我慣我的人我也不是不願意妥協。」

這些傢伙怎麼各個都這麼不合群啊。

我開始覺得和真平常能夠統率我們好像是一件非常厲害的事情了。

「不，我們要找思想健全，職業是盜賊的團員。這不是在找朋友，也不是在找冒險同伴，更不是在找老公。目前我們的團員組成都跟盜賊團差太遠了。」

「大姊姊經常在搶奪艾莉絲教徒的救濟餐被他們叫成小偷，所以應該也可以稱得上是適合加入盜賊團的人才吧。」

「妳想從祭司改行當盜賊嗎？我可以帶妳去冒險者公會，真的叫妳轉職喔。」

就在這個時候。

「說到上流階級的金髮型男和人才，各位知道這件事嗎？聽說這個鎮上，其實有一位在鄰國原本是貴族身分的人在當冒險者呢。」

愛麗絲突然提起這件事，不知為何眼睛還閃閃發亮。

貴族那些人基本上天生都具備著高強的能力。

這是因為，雖然不像愛麗絲他們王族那麼徹底，不過貴族也經常將女兒嫁給號稱英雄或勇者的人們為妾，積極採納其血統。

「原本是貴族的人？雖然不知道家道中落的原因是什麼，不過他應該有可能還藏了一些財產呢。大姊姊也對這件事很感興趣。」

就連對潛在能力與實力以外的部分產生了興趣的賽西莉，也跟著眼睛閃閃發亮了起來。

「這在許多國家的王族和貴族之間是相當有名的故事。鄰國有一名下級貴族少年，當上了名為龍騎士的超稀有職業，而且還創下了最年少紀錄。聽說那名少年展現出身為龍騎士的優異才能，使起長槍可謂王國第一，而且天生就受到龍族喜愛，個性老實、誠懇、有耐性、人品極佳，簡直就是騎士的楷模。想當然耳，他也是年輕女性們傾慕的對象，然而……」

據說，那名少年年紀輕輕就被任命為該國公主的護衛。

年紀與少年相仿的公主，會對人人傾慕的他懷有淡淡的情愫，也是無法避免的事情。

身為王族，公主當然有未婚夫，而且因為身分地位之差，也無法對少年表白自己的心意，每天過著既開心又難過的生活。

然而，偶然之間，那個少年知道了公主的心意……

「──在那之後，少年明知會引發嚴重的問題，還是帶公主騎到龍的背上離開了。據說後來全國上下開始搜索，卻完全掌握不到他們的蹤跡。但在過了約莫一星期之後，少年帶著公主再次回到城裡。少年儘管沒有被處刑，卻被剝奪了龍騎士的資格，家門也遭到廢除。」

愛麗絲不知為何說明得感慨萬千，而聽得入迷的我們則嘆了口氣。

「也就是說，他是個因為綁架公主殿下而讓自己身為菁英的仕途毀於一旦的敗家子嗎？擄走公主殿下的工作一向都是由壞魔法師和魔王負責，搶走別人的工作是不好的事情。」

「不、不是啦！這個故事是在說兩人的戀情因為身分地位之差而絕對不可能開花結果，但他卻以自己的方式試圖回應公主的心意，是個很棒的故事！根據我聽來的說法，想要騎到龍的背上好像是公主殿下的心願。然後，坐到少年身後的公主一定是這麼說了吧──『如果可以就這樣和你一起遠走高飛就好了……』這樣！」

「呀──！這是怎樣，太棒了吧！也、也就是說，那個人為了實現公主殿下的一個小願望，不惜捨棄了身為國家英雄的名譽和仕途嗎……！」

聽了想像力旺盛的愛麗絲的故事，不知為何連芸芸都顯得有些亢奮。

「沒錯，就是這樣！即使這麼做的結果必須接受處分，他還是為公主實現了不被允許的夢想！這就是貴族和王族的千金們擅自妄想出來，廣為流傳的真相！如何？妳們不覺得這樣非常令人崇拜又帥氣嗎？雖然是一段悲戀故事，也讓人難過又心酸……！」

她剛才是不是說了擅自妄想出來，廣為流傳的真相？

「依麗絲，妳的意思是說，那個人被趕出國外之後，來到這個鎮上當冒險者了嗎？讓他加入、讓他加入，我們絕對要讓那個人成為同伴！」

她們兩個聊得一頭熱，越講越起勁，不過如果這件事是真的，那確實有點帥氣。

不，我說如果是真的的話。

無法開花結果的戀情，或許讓同樣身為公主殿下的愛麗絲有點感同身受吧。

還有，對於朋友和同伴都很少的芸芸而言，能夠為別人如此犧牲奉獻的人，大概也讓她很心動吧。

「話說回來，他們逃亡的那一個星期內不知道到底發生過什麼事呀。是不是發生過什麼足以改變人生的重大事情呢？到、到底進展到什麼程度了呢……！」

「依麗絲真是的，妳在想像什麼啊？那種事情……！那、那種事情……！」

兩人紅著臉不住尖叫，吵鬧個沒完。

……看來，純粹只是那個狀況很容易讓正值青春期的她們胡思亂想而已。

「真是的，妳們到底還要吵鬧到什麼時候啊，我們去找那個人吧。就連我都有過跟和真一起泡澡、睡在同一床棉被裡的經驗了。即使是以我們現在的關係來說，都有可能因為某種契機而一路衝到最後。他們兩個的年紀一定比我們還要大，我想他們一定已經跨越最後一道界線了吧。」

「等一下，惠惠妳剛才說了非常不得了的話對吧！」

「妳說了對吧！」

坐在沙發上討論得相當熱烈的兩個人彈了起來。

「哪有什麼非常不得了的，以我們的年紀而言，沒有這種程度的經驗還比較奇怪吧。應該說，以我的狀況而言，都已經和他住在一個屋簷下了，會這樣也是理所當然。好了，我們快點去逮住那個高手吧。妳們學一下大姊姊，人家那麼冷靜……」

正當我對摀著嘴巴，一臉驚愕的兩人說到這裡的時候。

「吶，惠惠，賽西莉小姐睡著了耶……」

「……叫醒她會搞得很麻煩，所以就這樣讓她睡下去吧。」

我好像可以體會老是在照顧阿克婭的和真的心情了。

3

我們走在阿克塞爾的後巷裡，朝著冒險者公會前進。

之所以不走大路，是因為那些人今天應該也來找愛麗絲了才對。

就算要被帶回去，當然也是盡可能在較為不起眼的狀況下比較好。

「所以，我們該怎麼找出那個原本是龍騎士的菁英貴族才好啊？」

感受著後巷特有的那種人煙罕至的氛圍，我試著這麼問愛麗絲。

「這個嘛……那位先生就像所有源遠流長的貴族世家一樣是金髮。而且他擁有足以創下龍騎士的最年少紀錄的實力，在這個城鎮想必也立刻就嶄露了頭角。最後一個特徵，大概就是他在鄰國也是個相當厲害的長槍高手吧。」

金髮男子在這個城鎮很少見。

就算看到了，多半也是和貴族有關的人。

所以金髮的男冒險者還真的是幾乎沒見過就是了……

「先、先別說這個了，頭目大人？關於妳剛才說妳和兄長大人曾經一起泡澡、睡在同一床棉被裡之類的那件事情……」
從剛才開始就一臉凝重的愛麗絲戰戰兢兢地這麼問我。
「就是字面上的意思啊。無論如何，青春期的健全男女在一個屋簷下生活了將近一年，發生這種事情也不奇怪吧。」
「「！」」
我沒有理會為之語塞的兩人，露出贏家的笑容繼續說了下去：
「除此之外，就像我之前提過的，我跟和真約好了，改天會在半夜去他的房間玩，不過要是隨便跨越了最後一道界線會被他當成很容易拐到的輕浮女人。所以我一直延後，算是身為大人玩一些欲擒故縱的手法吧……」
聽了我的英勇事蹟，兩人露出敬畏的表情，然而芸芸卻說：
「反、反正妳其實是怕了對吧？不然就是剛好被人阻撓之類。而且基本上，以惠惠的個性，除非是有什麼契機，否則八成不可能會做出這種事情來。如果真的發生了這種事情，多半是在碰上什麼令妳大受打擊的事情時，憑著自暴自棄的衝動之下而行動……大概會是這種感覺吧。」
「吵死了，連和男生牽手的經驗都沒有的邊緣人懂什麼啊！」
「！」

成熟的我瞬間逼到芸芸淚眼汪汪，於是立刻拿出記錄著我和芸芸過去的對戰成績的紙張出來，添上一個勝場標記。

儘管以眼尾餘光注意著我的動作，芸芸卻佯裝平靜地喃喃說道：

「話說回來，金髮又在鎮上小有名氣，擅使長槍的強者是吧……還有，一定也很彬彬有禮，為人老實又誠懇，又有紳士風範……而且……一、一定也是高大又帥氣……的話就好了呢……」

「妳說到一半就開始加入自己的期望了喔。不過，貴族多半都是相貌堂堂，傳聞中的形象似乎也是很老實無誤，所以大致上好像也沒錯啦……」

既然有這麼多特徵的話，一定很快就會找到了吧——

不久之前我還樂天的這麼想過。

「那些特徵全都具備的冒險者，我好像沒聽說過。」

抵達冒險者公會的我們立刻去問了櫃檯的大姊姊，然而……

「那有沒有條件接近的人啊？用長槍的冒險者也沒有那麼多，而且這個城鎮的冒險者當中問題兒童特別多，光是老實又誠懇應該就已經相當顯眼了才對。」

「這裡最顯眼的冒險者小隊就是惠惠小姐的隊伍了喔。應該說，如果是一兩項的話還有符合的人，全部符合的人我就想不到了……」

聽見一臉傷腦筋的大姊姊這麼說，我們面面相覷。

「……那麼，可以介紹那些符合幾項的人給我們認識嗎？」

於是。

我們為了尋找過去在鄰國聲名遠播的龍騎士，在櫃檯小姐的帶領之下，前去見見符合條件的人——

「——我自認一生活到今日未曾做過見不得人的事情，也有活得相當真誠的自信。而且武功也還算不錯，過去也算是頗為出名……不過，妳們來找我這種經從第一線退下來的老人有什麼事嗎？」

櫃檯小姐第一個向我們介紹的是一位老爺爺。

「呃，算是有點想聽老爺爺的英勇故事之類的吧。好了，依麗絲、芸芸，妳們表現的時候到了。依麗絲那麼崇拜冒險者，應該很喜歡聽冒險故事吧？還有芸芸也是，妳愛怎麼跟人家聊天都可以。可以和人家聊天妳很開心吧？」

「老爺爺，請您說說年輕時候的冒險故事吧！」

「咦咦！對我來說光是可以和人家聊天就很開心了是沒有錯啦，可是他和我們在找的人在年齡上完全不符合吧！」

我決定總之先把櫃檯小姐介紹的這位看起來很老實的老爺爺推給她們兩個處理。

「——我的確還算出名，實力也算是相當不錯，但是我從來沒有握過長槍呢。不過，另外一種槍我倒是每天晚上都在握就是了！開玩笑的啦，哈哈哈哈哈！」

接下來介紹的是這個第一次見面就突然冒出最差勁的黃色笑話的冒險者，害我氣到握起拳頭。

「——長槍我確實很拿手，而且在練這項運動的人當中大概沒有人不知道我的名字……不過我沒想到會有女生對擲標槍這種運動有興趣呢，還真是難得。」

甚至還介紹了不是冒險者的人。

然後——

「哦？怎麼，這不是爆裂女孩嗎。妳找我到底有什麼事情？如果要談錢的事情我可沒辦法喔，畢竟沒有任何地方願意再借我錢了。我已經連喝酒的錢都沒有了，不如說妳借我錢吧，萬一我得到一大筆錢再加倍還妳。」

櫃檯小姐表示這是最後一位符合條件的人而介紹給我的，是名叫達斯特的金髮小混混。嘴上說著沒錢卻不去工作的達斯特，大白天就在冒險者公會的一角偷懶。

我使勁把介紹了這個傢伙的櫃檯小姐拉到一旁去。

「不好意思，我覺得那個絕對不可能是。我們要找的人是年輕留有一頭金髮，帥氣又有實力，還算小有名氣又老實，更是誠懇又堅忍不拔，同時兼具紳士風範的長槍好手。那個根本只有髮色是金髮這一點符合吧。而且他的金髮感覺還很暗沉。」

「如果有那麼優秀的男人存在，我才希望妳介紹給我認識呢……無論如何，已經沒有其他符合妳們提出的特徵的冒險者了。基本上，這個城鎮的金髮冒險者，就只有拉拉蒂娜小姐和達斯特先生兩位……原則上，他雖然一天到晚喝得醉醺醺的，不過實力出乎意料堅強，也還算出名……」

「出名歸出名，但那是惡名昭彰吧！我可是曾經看妳勸過一群菜鳥冒險者，叫他們不要接近那個喔！」

在這個之前的那些人是也都很不像話，但我現在有種在最後抽到下下籤的感覺。

『別這樣嘛——！我和芸芸又不是沒交情，請我喝個酒又不會怎樣——！』

『我和你不是朋友，純粹只是點頭之交！再這樣下去旁人看待我的眼光又會變得比現在更差了，快住手！』

正當我忙著和櫃檯小姐對談的時候，芸芸不知何時被小混混纏上了。

我對著還在聽老爺爺的冒險故事的愛麗絲招了招手，示意要她過來。

「依麗絲，妳聽我說。這個城鎮的金髮男性冒險者，好像只有那個了。」

「我剛才聽到長槍被一擊熊折斷之後，老爺爺赤手空拳搏鬥的力量因而覺醒，下定決心正要湊過去的時候，故事正精彩的說……既然金髮的先生只有那個人的話，總之先問他看看如何？」

回到我身邊來的愛麗絲提議先試探看看。

「不，我可以斷定，唯有那個人絕對不可能。那個是只要我們稍微一不注意就會立刻邀和真去做一些不好的消遣，換言之就是壞朋友。」

我看著依然在糾纏芸芸的小混混如此力勸。

應該說，沒想到連乖巧的芸芸都會那麼毫不矯飾地出言抱怨，她和那個小混混之間到底發生過什麼事啊？

我經常聽說芸芸最近都和一些奇怪的人混在一起，難不成和那個傳言有關嗎？

之前我一直沒有空多理她，也許應該在她還沒被奇怪的男人纏上的時候多關心她一下比較好。

「我想起來了！我也見過那位大哥哥。之前我來這個城鎮的時候，他突然撞了正好路過的大姊姊，還說什麼他的腳骨折了之類。我還記得，由於他威脅對方請他吃一頓飯當成慰問，我就派克萊兒去教訓了他一頓……」

那個男人到底都在幹些什麼啊？

或許是終於連自尊心都捨棄了，達斯特因為想要酒錢而在我們眼前跪倒在芸芸腳邊。

至於芸芸則是害羞到驚慌失措，連忙從錢包裡拿出錢來。

我開始覺得在眾目睽睽之下跪在地上求人請客，在某種意義上也是一種恐嚇了。

為了向年紀比自己小的女生強取酒錢，在眾目睽睽之下跪倒在地上的前龍騎士……

「……嗯，再怎麼說都不可能吧。既然如此，那個人可能已經到別的城鎮去了。基本上我們連名字都不知道，實在無從找起。我們還是就此放棄，今天在活動據點玩一玩之後就回家吧。」

「頭目大人，我覺得這種時候應該要收集情報才像是盜賊會做的事情吧。我們這樣真的可以自稱是盜賊團嗎……」

愛麗絲像這樣踩了我的痛腳，不過現在也不是說這種話的時候……

……嗯？

「依麗絲，妳剛才的發言非常正確！沒錯，我們是盜賊團。我們應該找的是優秀的盜賊！」

「事、事到如今才說這種話也有點怪就是了。真要說的話，在盜賊團的頭目是身為魔法師的惠惠小姐的時候就已經……」

「少囉嗦，那種事情現在一點也不重要！我正好找到一個優秀的盜賊！快點，依麗絲，我們走！」

我拖著疑惑的愛麗絲，衝到很久沒在公會現身的某個人身邊。

4

「現在遇見妳正好。克莉絲，好久不見了。雖然有點突然，不過我組成了一個盜賊團，請妳加入吧。」

「噗嘩！」

我隨便寒暄了幾句就開始挖角，結果克莉絲把嘴裡的牛奶全都噴了出來。

「妳在做什麼啊，年輕女生怎麼可以在眾目睽睽之下噴牛奶呢？」

「咳喝、咳呼……！什麼叫做我在做什麼！還不是因為妳突然說出那麼誇張的事情！」

在艾莉絲女神感謝祭之後，我已經好一陣子沒見到克莉絲的蹤影了，她現在帶著一臉工作告了一個段落的滿足表情，一個人坐在這裡休息。

而我就是看見這樣的她才如此向她搭話……

「有什麼好誇張的，克莉絲是盜賊耶，所以加入盜賊團也沒有甚麼好奇怪的吧？」

「是是是、是這樣說沒錯！應該說盜賊團是怎樣！難不成，惠惠其實已經察覺到我的真實身分了嗎？」

正當我因為克莉絲說出這種讓我聽不太懂的話心生疑惑時，愛麗絲已經跟了過來。

我簡略地對愛麗絲說明了一下我跟克莉絲的關係。

然而，明明應該是和克莉絲第一次見面的愛麗絲不知為何歪著頭說：

「不好意思，妳是克莉絲小姐對吧？冒昧請教一下，我們是不是在哪裡見過面啊？」

聽愛麗絲突然這麼說，克莉絲也同樣歪了頭……

「妳叫依麗絲是吧？其實我也是從剛才就覺得好像有見過妳……等等，啊啊啊啊！」

看她這個反應，大概是認得身為王族的愛麗絲的臉吧。

這也難怪，依麗絲這個化名那麼微妙，她又幾乎沒有遮住自己的臉。

既然是王族，大頭照之類的會在坊間流傳也很正常。

「不愧是消息靈通的盜賊，看來妳好像知道依麗絲的真實身分。不過，這是微服私訪。

要是妳大肆聲張的話會造成很多麻煩，所以……」

我原本以為克莉絲是因為發現對方是王族才會那麼驚訝，但她的狀況好像不太對勁。

「這、這樣啊！誰教我是盜賊嘛！到了我克莉絲小姐這個程度，只要看一眼就可以馬上知道對方是誰，還有是打哪來的了！既然是微服私訪就沒辦法了，那、那麼，我還有點雜事要辦，先走一步……」

說了這種莫名其妙的話就想閃人的克莉絲被我一把抓住。

「妳想上哪去啊？我有件事情想拜託消息靈通的克莉絲。」

「什、什麼事情啊？我是清白正直沒有做過任何虧心事的正義盜賊，不過應該沒有什麼可以幫得上妳的忙的事情吧？」

手腕被我抓住的克莉絲不斷偷瞄愛麗絲，舉動看起來相當可疑。

「我們又不會把克莉絲怎樣。我剛才也說過了，我試著組織了一個盜賊團，但是找不到優秀的人才。如果是騎士、大法師或祭司倒是有辦法找到很多，但明明是盜賊團，最重要的盜賊卻是一個也沒有……」

「如果是騎士、大法師或祭司就找得到嗎？吶，既然如此妳還是別搞盜賊團了，乖乖弄個傭兵團應該還比較賺錢吧？應該說，那些才是應該比較難找的人吧……」

而愛麗絲看著露出心情複雜的面容的克莉絲，還是一臉狐疑。

「戰力方面倒是無從挑剔。只是沒有最關鍵的盜賊，所以我才想拜託克莉絲加入。還有，其實我們現在在找人，所以也想拜託妳幫忙找那個人。」

「盜賊團啊……不，我自己也因為嚮往那種感覺，並嘗試過很多事情，所以能夠體會妳的心情就是了。」

我對意外的反應還不錯的克莉絲說：

「妳很上道嘛。其實我們也是因為崇拜某個有名的盜賊團才組織了這樣的團體……對了，妳知不知道一群叫銀髮盜賊團的人啊？」

「嗯，我知道啊。而且大概比任何人都還要清楚。」

不愧是克莉絲，情報網果然是盜賊規格。

我彎下身子，壓低聲音說道：

「我接下來要告訴妳的事情可別說出去喔。其實聚集在這裡的都是崇拜那個銀髮盜賊團的人。我們受到那個銀髮盜賊團的義行所感化，打算瞞著他們暗中支援，偷偷略盡棉薄之力，說穿了就是從粉絲俱樂部再更進一步的團體吧。」

「這樣啊——然後妳把這些全都告訴我了是吧——吶……惠惠，我姑且問妳一下，妳這不是在調侃我對吧？」

我對不知為何一臉大澈大悟，目空一切的克莉絲說：

「妳在說什麼啊？我們可是再也認真不過了！啊啊，說要支援被懸賞的罪犯聽起來很像在開玩笑是吧？妳可別說出去喔，其實他們之所以被懸賞是有原因的。」

「啊啊……嗯，沒關係，這個我也知道所以妳不用說了。也就是說妳們是為了支援銀髮盜賊團而擅自集結了一個下游組織的感覺嗎？然後，妳還希望我加入那個組織？」

「就是這麼回事。拜託妳，不然當作是試用性的暫時入團也可以。不過如果是這樣的話，就要請妳從基層人員開始當起了。」

聽我這麼說，克莉絲露出一臉夾雜著困惑與懷疑，相當有韻味的表情。

「基、基層人員……我是銀髮盜賊團的下游組織的基層人員啊……也罷，要我陪妳們玩是沒關係啦。應該說，惠惠，我再問妳一次，妳並不是把所有事情全都摸清楚了之後才這樣調侃我的對吧？」

「……妳從剛才開始就一直說這種話耶，為什麼要那麼疑神疑鬼的啊？」

「我只是覺得，艾莉絲女神感謝祭的時候，我不知道怎麼搞的被迫去阿克西斯教團顧攤那次也好，這次也罷，我的運氣明明應該很好才對啊，為什麼卻老是碰到這種很搞笑的狀況呢……」

5

克莉絲幾乎在任憑擺布的狀況之下決定入團後，我對她說了有關那個龍騎士的事情。

「既然那個前龍騎士是金髮的話，大概就是那個人了吧？」

克莉絲一邊這麼說一邊指著的人，當然是達斯特。

我看向那邊，達斯特似乎沒有賺到一杯酒之後就放過芸芸的意思，開始對她講述有關與人相處的課程。

我原本以為，憑那個男人也敢談與人相處的道理，就算是芸芸也會揍他，沒想到芸芸聽得興致勃勃還不住點頭，甚至做起筆記。

「那個不是喔。原來消息那麼靈通的克莉絲也有不知道的事情啊。」

「咦咦？可、可是，妳們在找的人是金髮對吧？說到這個城鎮的金髮冒險者，就只有他和達克妮絲了吧。」

這個疑問已經有很多人提過了。

「我們在找的人和那個小混混符合的特徵就只有金髮而已。真是的，克莉絲的眼睛未免也瞎得太嚴重了吧。」

「是、是這樣嗎！居然還說我眼睛瞎了，我覺得只有在這個狀況下的惠惠沒有資格說我耶！」

只有我沒資格說她是什麼意思啊？正當我想這麼問的時候，忽然察覺到一件事情。

「……妳從剛才開始就安靜過頭了吧，怎麼了？」

「沒有啦，只是我總覺得一定在哪裡見過克莉絲小姐，但就是想不起來……」

「我覺得也沒有必要想起來啦！再說了，我就不記得曾經見過依麗絲，所以我們肯定是第一次見面無誤！」

克莉絲的聲音從剛才開始就有點大得過頭了。

「先別說這個了，妳剛才說要找的那個人，以我的直覺判斷，絕對是那個金髮男沒有錯。雖然他腰間插著劍，但從他的步法和不經意保持的那個間距等等，都看得出是使用長槍的人的特徵。而且在我看來是相當厲害的高手。」

克莉絲突然露出認真的表情，看向起身站到芸芸面前，開始做出奇妙舉動的達斯特。

『妳仔細看好，這樣走路就不會被第一次見面的人給看扁。妳這個人太想要朋友，所以會表現得比較自卑。冒險者要是被別人看扁了就完蛋了。貓啊狗啊之類的動物也是，在雙方第一次見面的時候，就會定出哪一邊的地位比較高！』

在我們的視線前方，達斯特用力聳起肩膀，搖晃著身子，拖著不穩的步伐走了起來，看起來就是個醉鬼。

而芸芸也被當成這樣的達斯特的同類，在好奇的目光包圍下羞赧地把自己縮得小小的。

「……原來如此，那就是長槍高手的步法啊。克莉絲觀察人的眼光相當出色呢。」

「那個人為什麼要在這種時候做那種奇怪的事情啊！」

——後來也不斷做出奇怪舉動，吸引了附近所有人目光的達斯特，習以為常地帶著芸芸走出公會。

芸芸好幾次用眼神示意要我們救她，但是既然克莉絲都說我們要找的人肯定是那個男人無誤了，我們便順水推舟地讓芸芸繼續陪達斯特玩下去，並且跟蹤他們兩個。

我打了暗號要芸芸就這樣跟達斯特走之後，她便認命地跟著他。

「因為克莉絲都說到那個地步了，我才不惜像這樣將那個孩子當成祭品，不過我還是覺得我們找錯人了。」

「我的直覺告訴我，他的行動是偽裝。他一定是因為有什麼苦衷才裝成那種笨蛋。」

我不懂克莉絲為什麼那麼想把那個塑造成非比尋常的高手，不過看來在她的心目中真的認為對方是相當厲害的角色。

我的直覺告訴我那不是在假裝，純粹只是真正的笨蛋就是了。

前一陣子也是，他來我們家找和真出去玩的時候，還跟在家裡無所事事的阿克婭一起針對「艾莉絲教徒為什麼多半胸部都不大」這種冒犯神明的話題，一臉認真地討論得很熱烈。

……這個時候。

「在我看來，也覺得他的走路方式看起來有點不太自然呢。感覺就像是捨棄了長年已經成為身體一部分的習慣動作，硬是改成新的走路方式……應該說，我隱隱約約可以從那位先生身上感覺到強者的氣息。」

只有克莉絲就算了，現在就連在戰鬥方面的表現相當不錯的愛麗絲都說出這種話來。

難不成真的是那個男人嗎？

另一方面，在我們前方，芸芸對帶著她不知道到底想走去哪裡的達斯特開口說：

『達斯特先生，你今天走起路來好像不太自然耶？該說是很像企鵝走路嗎，感覺好像腳受了傷一樣……』

『喔，妳看得出來啊？沒有啦，只是有點刺痛而已，其實並沒有受傷啦。我上次聽一個名叫奇斯的好友說，就是……該怎麼說呢，在過了成長期之後，還是有辦法可以讓那話兒變大，所以我就試了他教我的方法。那個方法呢，是用生薑和蒜頭和芥末切碎了以後……喂，妳的眼睛是怎樣，我剛才說的並不是像平常一樣在對妳性騷擾，別詠唱魔法好嗎！』

對年紀輕輕的小女生說出那種差勁到不行的話之後，達斯特的嘴巴還是沒有停下來。

『女生為了讓胸部變大也會喝牛奶、按摩之類的，嘗試各種方法對吧？男生無論何時都夢想著要變得更雄偉。妳不也有夢想嗎？妳的夢想是想要朋友，我的夢想是想要變成雄偉的男人。這兩者不都是非常了不起的夢想嗎？』

——長久以來一直殷殷切切地期盼著得到朋友的少女的夢想，和想要變得更雄偉的男人的夢想。

芸芸在吶喊著「不要玷汙我從小到大的夢想！」的同時和達斯特扭打了起來，而我一邊看顧著這樣的她，一邊說：

「妳們兩個的眼光都很獨到呢。他之所以會走得那麼不自然的理由似乎就像我們剛才聽見的那樣喔。」

聽了我這番話，剛才充滿自信地解說的兩人以雙手遮住泛紅的臉頰。

「芸芸也氣得跑掉了，我們再繼續跟下去真的有意義嗎？跟蹤那個男人害我覺得自己變成了非常糟糕的人種。」

在芸芸因為自己從小到大的純真夢想和最差勁的夢想被相提並論而哭著離開之後。

我們在開始有點賭氣的克莉絲的帶領之下，依然繼續跟蹤。

「我的直覺告訴我，那個人肯定有什麼祕密。別看我這樣，其實我很有看人的眼光。應該說是可以看穿那個人的本質吧……不過，我現在的身體不是真正……應該說狀況不太好，所以無法斬釘截鐵地斷定就是了。」

狀況不好是什麼意思我搞不太清楚，不過克莉絲說自己很有看人的眼光，但身為虔誠的艾莉絲教徒，她在艾莉絲感謝祭的慶功宴上看見巴尼爾和維茲時好像也不太在意的樣子啊。

「我有一件事想問克莉絲。妳覺得不死者和惡魔怎麼樣？」

「覺得他們怎麼不快點滅亡算了。」

她如此秒答。

「即使是有無論如何都想實現的願望而迫於無奈變成不死者的人，或者是基本上非常喜歡逗弄人類，但是試著聊過之後會發現其實出乎意料的不是什麼壞蛋的惡魔也……」

「毫無任何例外全都該快點滅亡算了。」

真是典型的艾莉絲教徒啊。

拒人於千里之外就是像這樣吧。

她大概也只把巴尼爾當成有點奇怪的人，不過克莉絲的眼睛瞎到什麼地步，這樣就已經很顯而易見了。

正當克莉絲因為我突然這麼問而一臉不解的時候。

「啊，妳們兩位快看那個！」

聽愛麗絲這麼呼喚，我們看了過去，發現達斯特停在被烏鴉搞得一塌糊塗的垃圾場前面，確認附近有沒有人。

「什麼嘛，他果然是個很老實的人啊。妳看妳看，他為善不欲人知，都私下這麼做呢。居然還特地先四處張望，確認沒有任何人之後，才像那樣開始打掃垃圾場，就算是一般人也很難辦到那種事情呢。他符合的條件越來越多了吧！」

……不對。

「原來如此，那樣是在將沒有分類好的垃圾分門別類啊。我誤會那位先生了！以前他糾纏路上的女人的時候，一定也是有什麼緣由……！」

她們兩個誤會大了，那是在翻找垃圾，將賣得了錢和賣不了錢的東西分門別類。

看他找到賣得了錢的東西就樂得燦笑，就更能夠證實我的想法。

「看吧惠惠，我看人的眼光還算了得吧？」

果然瞎到和阿克婭差不了多少。

「請看，那位先生不只做好垃圾分類，還將散亂的垃圾都收拾得乾乾淨淨的。傳聞中的那位前龍騎士的個性，聽說也是老實誠懇又堅忍不拔……」

對於處理垃圾的狀況不太熟悉的愛麗絲似乎也有了奇怪的誤解，不過我想那只是因為任垃圾散亂一地的話，以後就沒辦法翻垃圾了。

撿到可以賣錢的東西，一臉幸福的達斯特將垃圾場打掃乾淨之後，立刻帶著手上的東西到附近的五金行去。

「那是他剛才撿起來的東西對吧？雖然說是放在垃圾場的東西，不過撿到東西之後可以拿去換錢吧？」

克莉絲回答了愛麗絲的這個疑問。

「反、反正是已經被丟掉的東西嘛。與其丟在原地當成垃圾，不如像那樣回收再利用，也算是對世間有所貢獻吧……」

但是事情並不像她們兩個說得這麼好。

「大概是不滿意收購價格吧，他跟老闆吵起來了……啊，最後大概是被迫便宜賣了吧，他踢飛垃圾桶洩憤，弄得滿地都是垃圾！」

「「…………」」

不久之前還一臉得意地稱讚達斯特的兩人再次遮住泛紅的臉。

——後來我們還是不死心地繼續跟蹤。

「惠惠，妳看那個，他在搭救被陌生冒險者纏上的女生！這次他真的做了善事……！」

「……然後換那個男人要人家跟他走當成是答謝他的搭救，糾纏起那個女生來了。」

在糾纏女生的時候被警察罵了就逃跑。

「……哎呀，達斯特的錢包掉了耶。」

「真的耶。現在不是跟蹤那位先生的時候了，我們得快點去撿起來還給他才行……哎呀，走在後面的人撿起來交給他了呢，真是太好了！」

「等等，啊啊！他說『我的錢包裡原本有更多錢的，是你抽走了對吧』什麼的，開始找好心人的麻煩了！」

故意把錢包丟在地上然後找幫他撿起來的那位先生的麻煩，結果又被警察罵到逃跑。

「機會來了！有菜鳥冒險者在鎮上的空地練習長槍！如果是長槍高手的話應該多少會有所反應才對……！」

「……他完全沒有表示任何興趣，一邊挖著鼻子一邊走過去了。」

「……不僅如此，他還去找剛才罵他的警察，說有冒險者在鎮上亂揮武器你怎麼不去罵他，找人家麻煩呢。」

就像這樣，達斯特將他的下三濫本事發揮到淋漓盡致。

後來，他繼續充分展現出不愧對於這個鎮上最應該小心的人物之惡名的廢物模樣，最後來到的地方是——

「——於是，為了保護其他面臨危險的冒險者而自願當誘餌的我，勇敢地衝到多頭水蛇前面被殺掉之後，就被送到了艾莉絲女神身邊。我實際見到的艾莉絲女神，充滿了神聖的光輝。」

「喔喔……！我也好想見艾莉絲女神一面啊，但是安享天年的話又無法實現這個心願。話雖如此，不好好珍惜生命，故意前往危險的地方，應該也算是違反艾莉絲女神的旨意吧。啊啊，能夠見到艾莉絲女神真是太令人羨慕了……！」

在鎮上徘徊，到處給人添了一堆麻煩之後，達斯特再次回到冒險者公會，逮住一個看起來像是艾莉絲教徒的老祭司，說起這種可疑到不行的英勇故事。

我記得，如果是因為被怪物殺掉之類的不幸遭遇，在陽壽未盡的狀況下死亡的人，靈魂會被送到艾莉絲女神跟前。

所以，曾經被名叫多頭水蛇的怪物殺掉的達斯特，就算真的見過艾莉絲女神也不奇怪，但是……

「然後艾莉絲女神對我說：『你命不該絕。命運注定你終將協助勇者打倒魔王。好了，再次回到現世去，幫助即將拯救這個世界的勇者吧。願你為這個世界帶來光明……』祂是這麼說的。」

「什麼，艾莉絲女神說過那樣的話嗎！你身上背負著如此坎坷的命運啊！如果有什麼我能夠效勞的事情請你儘管說，任何事情都可以！」

艾莉絲女神是不是真的對他說過那些話十分令人懷疑，不過那位祭司不疑有他，相當感動。而一旁的克莉絲看見這一幕，不知為何渾身發抖。

克莉絲是虔誠的艾莉絲教徒，大概是因為那個男人見過艾莉絲女神所以也很羨慕他吧。

聽祭司那麼說，達斯特將怎麼想都是用艾莉絲女神的故事換來的酒一飲而盡，對那個看起來人很好的祭司露出笑容之後……

「哦，這樣啊？其實呢，我也很想為了拯救世界而和勇者一起並肩作戰，無奈的是我沒有錢……不知道有沒有個願意為了世界和平資助我的，虔誠的艾莉絲教徒呢……」

「你在說什麼鬼話啊啊啊啊啊啊啊啊！」

克莉絲撲向達斯特。

7

「真是的，就差那麼一點點了說，妳要怎麼賠我啊。妳是那個人對吧？第一次見到和真就被他脫掉內褲然後哭著跑走的盜賊對吧？」

「我我、我才沒有哭！而且那個算是意外！」

在冒險者公會的一角，我們正在請達斯特吃飯。

突然暴怒的克莉絲揪住達斯特，結果不知為何卻是達斯特以妨礙他做生意為由反過來怒罵克莉絲，還要她請吃飯……

「頭目大人，兄長大人脫了克莉絲小姐的內褲是真的嗎？剛才頭目大人還說和兄長大人一起泡過澡，兄長大人平常都在做什麼啊？」

「對那個男人而言這樣叫正常運轉啦。不久之前，他還在豪宅的廁所裡試圖把達克妮絲的內褲拉下來呢。」

「到底是發生了什麼事情才會弄出那種狀況來啊！」

就在我將和真到目前為止所犯下的各種性騷擾灌輸給愛麗絲知道的時候，因為是克莉絲請客就毫不客氣地狂點的達斯特說：

「這麼說來，妳們今天好像一群人跟在我後面，是在幹嘛啊？難不成是我的粉絲嗎？」

「怎麼可能會有你的粉絲這種奇特的人種存在啊……應該說，你察覺到我們的氣息了嗎？就算我沒有使用潛伏技能好了，看來事情果然正如我所預料，你並不是普通人物。」

大概是還沒有放棄達斯特原本是貴族又是菁英的想法，克莉絲以挑釁的口吻如此套話。

「不，妳們什麼都不做就已經夠顯眼了，還大聲吵鬧成那樣，任誰都會發現吧。」

「這、這種事情不重要啦。更重要的是，就算見過艾莉絲女神你也不可以亂說話吧！要是遭天譴我可不管喔！」

克莉絲平常給人的印象那麼溫厚，沒想到原來是這麼虔誠的艾莉絲教徒啊。

達斯特明知道克莉絲在生氣，還是不以為意地說：

「喂喂，妳怎麼可能知道我是不是在說謊啊，妳應該沒見過艾莉絲女神吧？一定沒有對吧，沒死過當然見不到。」

「這個嘛……因、因為，艾莉絲女神不可能說出那種帶有預言意味的話……」

感覺到情勢對自己不利的克莉絲尷尬地別開視線。

這時，愛麗絲似乎是克制不了自己的好奇心，興致勃勃地傾身向前問：

「艾莉絲女神看起來怎麼樣？容貌和畫像一樣嗎？」

「哦，妳是怎樣，我好像沒看過妳耶。艾莉絲女神就如同阿克西斯教團放出來的流言，果然有墊。那肯定是墊出來的……等等，啊啊啊啊啊啊啊！」

說出這種褻瀆神明的話的達斯特看著愛麗絲的臉大叫。

「等一下，什麼墊不墊的，不要再散布那個謠言了！」

「吵死了，現在哪管得了女神的胸墊那種問題了啊！喂，妳是之前在我搭訕的時候派那個沒耐性的金髮護衛過來對付我的，和巴尼爾老大走在一起的小鬼對吧！那個凶巴巴的護衛今天不在吧？」

「呃——如果你是指克萊兒的話，她目前不在喔。」

這麼說來，愛麗絲剛才好像有提過這件事。

「等一下，真的不要再提什麼胸墊的了！更重要的是不可以捏造你和艾莉絲女神的對話，小心真的遭天譴喔！」

克莉絲用力拍桌，惹得達斯特興致盎然地露出賊笑。

「所以說，妳有辦法證明我在說謊嗎？我覺得雖然是第一次見面，不過艾莉絲女神肯定是煞到我了。瞧她看著我的那個眼神，肯定沒錯。」

「不對，因為你的死法太白痴了，她是用憐憫的眼神看著你！」

「說那種失禮的話還講得好像是妳親眼看到似的，我可是勇敢的衝向多頭水蛇耶，給我道歉！」

「你只是想獨占功勞才被一口吞掉而已吧！」

兩人爭執不下，直到達斯特點的菜上桌了才暫時中斷。

「……所以呢？言歸正傳，妳們為什麼跟蹤我啊？」

「其實，我們基於某個目的而組織了盜賊團。然後，我們聽說這個鎮上有個武功高強的金髮型男冒險者，所以想挖角那個人。我們問了櫃檯小姐有沒有那樣的人，結果她說金髮的冒險者就只有你一個，於是我們就想評估一下你的實力……」

大口吃著料理的達斯特將嘴裡的東西吞下去之後，很沒規矩地拿叉子指著我說：

「武功高強的型男冒險者？真是的，妳們這些傢伙各個都還是只看長相嘛。晚一點我要去找和真告狀，說妳們想要反過來搭訕型男冒險者。」

「不、不是啦，我才不是要反過來搭訕人家呢！而且對我而言就算沒有型男要素也無所謂，只是傳言的內容是如此罷了！」

我不知為何連忙如此辯解，而達斯特一臉狐疑地看著我說：

「你們在找的傢伙是個怎樣的人啊？那個內褲被偷的盜賊看樣子是找不到，不過也許妳看不出來，我對這個鎮上的冒險者也相當熟悉喔。髮色這種東西想怎麼染都可以。那個傢伙的個性如何，妳說說看吧。」

「據說他一頭金髮，是個型男又武功高強，個性老實誠懇又堅忍不拔。年輕女生們好像都很仰慕他呢。」

「………這個世界上真的有那種人存在嗎？」

眼神已經充滿懷疑的達斯特表示：

「要說有哪個傢伙比較接近這樣的人的話，大概就只有那個叫御……什麼的奇怪老兄了吧？不過那個傢伙算是堅忍不拔嗎？那個傢伙沒耐性到我不過是摸了一下他身邊的小姐的屁股就亂發脾氣耶。」

我真的問錯人了。

這時，原本一直乖乖聽他說話的愛麗絲說：

「不好意思，我有一件事情想問你，可以嗎？」

「啊？怎麼了小不點，原則上我是沒有女朋友沒錯，不過我跟和真不一樣，我一點蘿莉控傾向都沒有喔。」

「請不要說兄長大人是蘿莉控！不，我要問的不是這個……請問，你會使用長槍嗎？」

聽見長槍這兩個字，達斯特的眉毛動了一下，略顯尷尬地抓了抓頭之後……

「我……」

「依麗絲小姐————————！」

話才說到一半就被響徹公會內部的吶喊聲打斷了。

聲音的主人不是別人，就是愛麗絲的護衛克萊兒。

「啊啊！妳是那個之前突然就拿劍砍我的奇怪女人！」

「啊啊！是那個時候的那個不知分寸的搭訕男嗎！混帳東西，什麼人不挑，這次你偏偏挑上依麗絲小姐伸出魔爪……！」

「大騙子！喂，小不點，妳剛才不是說那個女的不在嗎！」

「這、這不能怪我啊……」

對克萊兒感到害怕的達斯特，一面如此抱怨愛麗絲，一面逃出公會。

——和克莉絲一起目送愛麗絲離開之後，時間也已經相當晚了，我們決定就此解散。

「到頭來還是沒找到傳聞中的那個龍騎士呢。不過相對的，克莉絲決定加入我們倒是不錯。」

「武功那麼高強的冒險者也沒有理由一直停留在新進冒險者的城鎮嘛。不過，看來那個叫達斯特的人真的不是。我原本還覺得自己看人的眼光很準的說。」

待在這個鎮上還沒發現那麼引人注目的巴尼爾和維茲的真實身分，我想就足以證明她的眼睛果然很瞎了。

「不過，為什麼那位龍騎士為什麼要擄走公主呢？如果事情就像依麗絲說的那樣，或許是一段佳話沒錯，可是感覺好像還有什麼內情呢。」

「這個嘛，任何人都會有一兩個祕密嘛。像我也有一些部分是連和真也沒看過的嘛。」

吾等紅魔族每一個人在身體上的不同部位，都刻有與生俱來的編號和印記。

以我而言，是在一個不太方便給人家看的地方，所以……

「吶，惠惠，女生不可以隨便說要給人家看喔！」

「我又不是在說那種引人遐想的事！先別說我了，克莉絲應該也有個什麼祕密吧？」

聽我這麼說，克莉絲輕輕笑了一聲。

「我的話嘛，大概有兩個惠惠不知道的祕密吧……而且還是我跟和真之間的祕密喔。」

「哎呀，妳這是在向我挑戰嗎？這是挑戰對吧？很好，最近冒出太多勾引那個男人的傢伙，我早就覺得礙眼了，儘管放馬過來吧！」

「等等等、等一下，我可沒有那個意思喔！」

8

回到活動據點看見賽西莉還在睡她的大頭覺，所以我就告訴她今天要先回家了。

賽西莉好像完全愛上了那棟宅邸打算正式住進去，不過隨時有人在裡面總是比房子空蕩蕩還來的好。

今天有一位優秀的盜賊加入。

沒錯，終於有了期待已久的盜賊。

總覺得我們好像每天都在埋頭亂闖，不過這下子總算可以開始做些比較像盜賊團的正式行動了。

該怎麼說呢，團裡的成員全都很有個性，想避免她們失控真的很累。

而面對這樣的一群隊友依然能夠貫徹自己的意見，即使幾經風波也能凝聚成一個團隊的和真，或許真的很厲害。

——正當走在回豪宅的歸途上，想著這些事情的時候，一個熟悉的男人的身影映入了我的眼中。

儘管天色已經越來越暗了，剛才在鎮上的空地裡練習長槍的菜鳥冒險者依然揮著長槍。

而達斯特站在有點距離的地方，盯著那個菜鳥冒險者看。

他大概是又想胡亂捉弄人家了吧。

正當我在找附近有沒有警察的時候，只見達斯特走向菜鳥冒險者——

「……喂，長槍給我一下。我示範給你看。」

然後突然說出這種令人意外的話。

被達斯特這麼搭話的冒險者似乎還不知道他的臭名，一面擦著斗大的汗珠，一面乖乖將手上的長槍交給他。

達斯特為了確認長槍的長度和狀態，用力揮了好一陣子，然後示範了好幾次刺擊。

即使是像我這樣的門外漢，也看得出他的刺擊有多麼俐落。

菜鳥冒險者擦汗的手也停了下來，看得目瞪口呆。從他這樣的反應看來我的判斷無誤。

長槍劃破空氣的聲音逐漸變得越來越銳利，最後菜鳥冒險者更是緊張到吞了一口口水。

就連附近的空氣似乎也變得緊繃了起來，緊張的感覺越來越強烈。

平常那個廢人不知道消失到哪去了，達斯特顯得專注到令人害怕。不久之後，他舉著長

槍，擺出架勢，馬步蹲低之後——

「——我回來了～～」

「歡迎回來～～今天的晚餐是大家最喜歡的壽喜燒喔。阿克婭從剛才開始就在催我們快點開動吵得要命，所以妳趕快去洗手吧。」

今天負責煮飯的好像是和真，他端著一個不斷沸騰的鍋子對我這麼說。

阿克婭已經在餐桌旁邊坐好了，想等到我回來再開動的達克妮絲則是一一在大家的杯子裡斟了酒。

「和真，我有點事情想問你可以嗎？」

「哦？怎麼這麼突然……啊～～妳是想問我幾點睡覺嗎？」

或許是想到我們之前的約定吧，和真故意裝傻這麼說。

「不是啦，我不是要問這個。就是……和真有沒有什麼事情瞞著別人啊？比方說有什麼祕密之類。」

「祕密？我的祕密可多著呢。應該說，不可能有人沒有任何祕密吧？」

……這麼說也對。

剛才的光景給我的衝擊實在太大，所以我一不小心問出這種蠢問題來。

達斯特或許真的是那個人吧。

最後那招之精彩，讓我不禁這麼覺得。

如果之後他沒有說「想要我教你剛才那招的話就拿一百萬艾莉絲過來」的話，或許我也會不禁為之折服。

「妳突然間是怎麼了，惠惠？順道一提我就沒有祕密喔。因為我相信你們，所有的事情都會告訴你們。」

達克妮絲對煩惱的我露出柔和的笑容這麼說。

「妳還真敢說啊，加入我們隊上的時候明明就沒說自己是貴族千金，後來還想瞞著我們出嫁，引發了那麼大的騷動不是嗎。」

然後瞬間被和真駁倒，都快哭出來了。

這時，坐立難安地等著壽喜燒的肉片煮熟的阿克婭說：

「哎呀，我也有祕密喔。其實呢，我正在想說是時候向大家坦承了。」

「喂，反正妳又要說自己是女神的那件事了對吧？她們兩個也不會相信……」

「其實呢，已經差不多快要到我們組成小隊一年的日子了，和真為了慶祝還買了很貴的酒，可是我忍不住先喝掉了！」

聽阿克婭這麼說，和真不禁整個人僵住。

「對不起啦～～！」

「什麼叫『對不起啦～～！』，妳瞧不起我啊！妳這樣不叫祕密，只是做錯事情不敢說而已！……喂，妳的眼神有點飄忽不定喔。妳剛才只是先說了一件比較輕微的事情看我會不會生氣，其實還隱瞞了更嚴重的事情對吧！給我從實招來！」

……也罷。

畢竟我組織了盜賊團這件事對和真而言也還是祕密。

沒有理會像平常一樣開始吵架的兩人。

達克妮絲舉起酒杯，心情愉悅地向我問道：

「對了，惠惠。妳最近好像跟很多人一起活動對吧？妳們今天做了些什麼呢？」

今天發生了些什麼事啊……

像是多了一個手下之類的，發生了很多事情，不過真要舉出一件事情的話……

「我今天見識到很多人令人意外的一面。如果他們本人表示我可以說的話，改天我再告訴達克妮絲。我想妳一定會大吃一驚。」

會這樣想確實是跟愛麗絲還有芸芸有點像……不過他和鄰國公主之間究竟發生過什麼事情，下次我一定要問看看。

襲擊的盜賊團
第四話

1

在已經完全變成我們的聚會處的活動據點。

看過想加入吾等盜賊團的入團申請人名冊之後，克莉絲說：

「我有點不太懂妳在說什麼。」

我對一臉茫然地看著名冊，動也不動的克莉絲說：

「妳怎麼突然這麼說啊，我才不懂妳是什麼意思。那是想加入盜賊團的人的名單啊。」

「我不懂人數為什麼會這麼多！而且拿阿克塞爾最豪華的宅邸當成活動據點也很莫名其妙，名冊上面隨處可以看到略有耳聞的高手的名字更是讓我搞不懂！」

這個基層人員到底是怎麼了啊？

「有什麼好大驚小怪的啊？組織當然是越大越好啊。」

「話是這麼說沒錯！不對，真的是這樣嗎？吶，和真知道這件事嗎？」

我對帶著混亂到不行的表情拚命表達意見的基層人員說：

「原則上像是有了同伴、有了活動據點等等諸如此類的事，我都有向和真報告喔。」

「這、這樣啊。儘管如此他還是沒有表示任何意見嗎……咦咦？只有我覺得這件事已經搞到太大了嗎？」

果然是基層人員的料，克莉絲好像很膽小的樣子。

「規模大得嚇到妳了嗎？只要我認真起來就是這樣啦。」

「這樣啊…………惠、惠惠很厲害嘛……」

聽了我的發言，克莉絲以夾雜著驚訝和敬畏的眼神看著我。

就在這個時候。

「惠惠明明也因為規模變得大到超乎妳的預期，而導致心裡有點畏縮還敢講……」

以俐落的手勢在桌子上疊撲克牌金字塔的芸芸如此嘟噥。

「喂，不希望從一大早就搭建到現在的努力結晶遭到破壞的話妳說話就小心一點。」

「我、我知道啦。我今天用了五疊撲克牌，正在更新最高紀錄，所以拜託妳別動手。」

芸芸不知不覺間已經將一個人玩遊戲的技術磨練得越來越專精了，不過這孩子到底想往什麼方向發展啊？

「對了……」

克莉絲顯得有些尷尬。
「從剛才開始就看著我的那位是什麼人啊？」
然後瞄了一下整個人躲在沙發後面，只探出頭來的賽西莉，接著這麼問我。
賽西莉明明就非常喜歡女生，偏偏今天卻不知道怎麼了，一直對克莉絲保持警戒。
「那位大姊姊是在這個家定居下來的祭司，名叫賽西莉……大姊姊，妳怎麼了？那種引人側目的奇怪行動是和平常一樣沒錯，但是妳今天特別怪異耶。」
儘管我這麼問賽西莉，她還是以狐疑的眼神凝視著克莉絲。
「大姊姊自己也不太清楚，不知道為什麼，我的美少女感應器毫無反應。這種事情還是第一次發生，我也相當困惑……吶，妳該不會是冒充美少女的男生吧？不過對我而言這樣應該也還不壞才對，所以還是有什麼事情不太對勁。」
「我穿短褲的時候偶爾是會被誤認為男生沒錯，不過我確實是女生……」
大概是過因為短髮和寬鬆的服裝而有過被誤認的經驗吧，克莉絲顯得有些消沉。
「啊，因為克莉絲是虔誠的艾莉絲教徒吧。一定是因為這樣大姊姊才會對她沒感覺。」
聽見艾莉絲教徒這幾個字，賽西莉從沙發後面站了起來。
「竟有此事！好不容易有這個美少女雲集的聖域，我絕對不容許艾莉絲教徒來犯！……我知道了～～妳是因為羨慕我只要每天在這裡打混就可以得到美少女們寵幸的生活才跑過來的對吧?竟敢企圖搶走這麼好康的地位,想都別想妳這隻狐狸精!」

「狐狸精?等、等一下,妳好像有什麼奇怪的誤會,我是在近乎半強迫的形式之下加入的耶……!」

正當賽西莉像是有艾莉絲教徒過敏症似的,和克莉絲爭執不下的時候。

「這麼說來,芸芸,依麗絲今天不在嗎?」

「依麗絲啊,我去了我們平常碰面的地方,結果來的只有負責傳話的女僕,說今天好像有什麼典禮,她沒辦法來……等、等一下,不要這樣啦,不要對撲克牌金字塔吹氣。對了,惠惠,我實在很好奇那個孩子的真實身分,已經快要好奇到受不了了……」

原來如此,有王族的行程啊。

人數也差不多夠了,我原本想說是時候該執行一次襲擊,但這也是無可奈何的事情。

「如果是這樣的話就沒辦法了。既然是典禮,如果硬是把她拖來肯定會出問題吧。」

「吶,惠惠,告訴我依麗絲的真實身分……妳為什麼要別開視線!為什麼連克莉絲小姐都把頭轉過去了!等等,不要搖晃我,金字塔會倒掉!」

抓著芸芸的肩膀用力搖晃,逼她閉嘴之後——

「事情就是這樣,畢竟也有正職盜賊加入了,我想差不多該來一次襲擊了!執行日期就訂在依麗絲能夠參加的日子!在那之前我們要調查襲擊目標,擬定作戰計畫……以上!」

「哇啊啊啊，我的金字塔！妳給我等一下────────！」

我便用力拍桌，如此宣言──

──當天晚上。

回到豪宅，吃完晚餐的我，問了和真一個問題。

「順利統整一群問題兒童的祕訣？妳這又是問了個奇怪的問題啊。」

儘管說好要襲擊了，但這個盜賊團募集到的成員完全只有奇人異士。

還是問問以擅長統整難搞的同伴而聞名的和真，請教一下其中的祕訣好了。

於是這樣想的我便試著問了和真……

「先別說什麼祕訣了，我自己不覺得是在統整妳們啊。妳想想那些訓練怪物的訓獸師，他們也沒辦法對自己飼養的怪物下達太精準的指令吧？我也是只給妳們籠統的指示，然後若有似無的誘使妳們做出正確的行動罷了。」

「籠統的指示……是吧。真虧你能夠靠這招順利帶領我們呢。」

不過經和真這麼一說，他確實不是每次都指示得非常詳細。

「因為，就算我指示得非常詳細，妳們也不會聽啊。像我這種程度的網遊大大，狀況判斷這種事情只要臨場靠當時的靈感就可以得心應手了。畢竟我還在自己的國家時，加入的那個公會裡面，有很多比妳們還誇張的問題兒童嘛。」
「你所謂的大大，意思是名列前茅的人對吧？和真以前也有戰友吧，你說過你們會一起攻城、打王之類。」
這也是有關和真的眾多謎團之一。
他說過自己和許多同伴並肩作戰，每天熬夜狩獵怪物和打王，闖出了不小的名氣。
「是啊，我在公會裡面也算是幹部之一呢。負責的工作是培育新人和編排打王的行程。我之所以能夠處理像你們這樣的人，我想也是因為有這樣的經驗吧。」
和真的話語當中充滿了堅定的自信。
這件事無論他說了幾次，聽起來都不像是在說謊。
「不過，如果硬要說有什麼祕訣的話，就是無論面對的是多麼難搞的隊友，都不可以有找個地方把對方丟掉的想法，要努力去理解人家。」
「和真，為什麼你說這個的時候要看著我啊？」
原來如此，理解對方是吧。
「謝謝你。我明天會和大家聊聊看的。」
「無論是怎樣的廢物至少都會有一個優點。如果能夠找到那種人的優點，會發現意外的能夠派上用場。即使是那種讓人想要在遠征地城時順便丟在裡面不管的人，仔細觀察一下或許還是能夠找到意外的一面。」

「吶，所以說為什麼說那種話的時候要看著我啊？」

意外的一面。

這麼說來，我對她們的認識都還不夠深入。

「再說，對於身為一流玩家的我而言，只要當成是限制玩法的一環，在生活條件已經相當寬裕的現在，就算妳們再怎麼扯我後腿我也不會生氣了。」

聽充滿自信的和真這麼說，一臉鬆懈地摸著纏著她的點仔的達克妮絲有了反應。

「喂，和真，在大家面前說出那種猥褻的字眼不太好吧。」

「我說的限制玩法不是妳最喜歡的那種被綁起來自爽的遊戲好嗎。少侮辱一流玩家。」

不過，年紀輕輕的就能夠當上公會的幹部，這個男人或許不是普通人。

正當我再次對和真刮目相看的時候，坐在他身旁的阿克婭一面殷勤地餵著她大腿上的爵爾帝吃東西，一面這麼說：

「你從剛才開始就說得好像我們是問題兒童似的，不過用不著確認也知道，其中並不包括我對吧？你指的是她們兩個對吧？」

「……妳這個天字第一號問題兒童在說什麼啊？」

聽和真這麼說，因為指尖被點仔輕輕咬了一下而露出舒爽的表情的達克妮絲也說：

「吶，和真，我不是你口中的問題兒童吧？我很有自信，在這三個人當中我是最理智的一個吧……」

……喂，給我等一下。

「妳那是從哪裡冒出來的自信啊。戰鬥中的妳們在我的眼中，頂多只是比較聰明一點的哥布林喔。」

「跟我到外面去，你居然敢把美麗又聰明的我當成是哥布林！」

「阿克婭說的對，這個男人最近太囂張了。不過是順利葬送了幾個魔王軍幹部也沒有資格把正值青春年華的少女說成哥布林，饒不了你。」

兩人因為和真的發言而義憤填膺，簡直和哥布林一樣暴躁易怒。

「妳們兩個確實是問題兒童無誤。這裡面最理性、最冷靜的是高智商的我。畢竟大法師最大的賣點是冷靜沉著嘛……不過，這下傷腦筋了。我正在計劃要帶著一群很難搞的人去做某件事情，但她們實在都太有個性了，害我不覺得事情可以順利進行。」

「妳、妳這個人明明就像是沒有火種也會擅自爆炸的不良品煙火，還敢說自己冷靜沉著是在開什麼玩笑啊？」

「吶，惠惠，如果是在戰鬥中的話，我相信自己比惠惠還要冷靜喔。」

「唯有我們當中最暴躁易怒的惠惠沒資格說我吧！」

他們三個紛紛對我反駁，但是雙手抱胸，陷入沉思的我完全聽不到。

2

「大姊姊，我問妳喔。妳現在最想做的事情是什麼？」

「和惠惠小姐結婚吧。」

隔天早上，一大早就在活動據點一個人跳起詭異舞蹈的賽西莉，毫不猶豫如此秒答。

「……不好意思，我是女生，所以沒辦法和大姊姊結婚……」

那種詭異的舞蹈似乎是獻給阿克婭女神的祈禱，她輕聲說著「阿克婭女神，請保佑我的今天也是美好的一天」之後表示：

「不同於食古不化的艾莉絲教，在我們阿克西斯教，只要對象不是惡魔女孩和不死怪物，無論是種族的隔閡還是性別的隔閡都是枝微末節，所以沒有問題啦。」

問題可大了。

「這個嘛，大姊姊的心意我很高興，不過可以的話我還是想當新娘出嫁，所以只能說對不起了。」

「真拿妳沒辦法。那大姊姊努力當個好新郎就是了。」
「不是啦，我是想真正嫁給男生！別、別那麼沮喪好嗎，平常那麼不正經的人在這種時候卻這麼失落根本是作弊！」
當我因為賽西莉帶著被拋棄的小狗般的表情看著我而感到困惑時，她便笑盈盈地說：
「真是的，惠惠小姐真的很可愛耶！沒辦法了，這件事是我聽來的，據說有一種傳說級的神器，連改變性別都辦得到。為了惠惠小姐，大姊姊無論如何都會取得那個東西。」
「就算大姊姊變成大哥哥我也不見得會嫁給妳，請妳別這樣做！應該說，妳就沒有別的事情想做了嗎？大姊姊平常心裡充滿了欲望，應該有一大堆事情想做才對吧？」
我好不容易把抱著我用臉頰磨蹭的賽西莉推開，試著這麼問。
「惠惠小姐，妳在說什麼啊，我可是阿克西斯教徒耶？」
「……？我當然知道啊，那又怎樣？」
她對歪頭不解的我說：
「既然身為阿克西斯教徒，要是有什麼事情想做的話，我當然會毫不猶豫立刻去做啊。為了不愧對阿克婭女神，我每天都活得像自己，想做什麼就去做。就像這樣。」
說著，賽西莉緊緊抱著我，輕輕微笑了一下。
「所作所為和說出來的話都很不像樣，但我不禁覺得這樣的生存之道有一點帥氣。很有愛好自由的阿克西斯教徒的風範呢。」

「謝謝！我也覺得惠惠小姐那種像仙女棒一樣的生存之道很帥氣喔！」

可以不要把我說成仙女棒嗎？

這時，賽西莉摸著我的頭說：

「如果妳有什麼煩惱的話可以找大姊姊商量喔，畢竟大姊姊的職位是顧問嘛！」

她還是一樣，展現了意外敏銳的一面。

沒錯，最近這一陣子一直令我煩惱的問題，那就是——

「上次問的時候不了了之，不過惠惠小姐有喜歡的人對吧？」

到底該怎麼做，才可以靠這支奇葩到不行的隊伍發動一次成功的襲擊呢？

「不不、不對啦，妳在說什麼啊！我在煩惱的是該怎麼樣才能以現在的成員成功襲擊，才不是在煩惱那種事情！」

真的在不必要的方面特別敏銳的賽西莉這麼說，害我的耳朵都變紅了。

看著這樣的我面露溫柔微笑的賽西莉，總覺得看起來就像個稱職的神職人員。

這個人偶爾會表現出像這樣令人意外的一面，真是太奸詐了。

「要是再繼續調侃妳的話大姊姊會被討厭，所以就當成是這麼回事好了！這個嘛，首先得決定我們要襲擊的貴族是誰。接著，要決定如何襲擊那個貴族。最後，要確認那個貴族是不是真的在做壞事，才知道我們這樣亂來會不會出問題。也就是說，我們應該鎖定的目標是並非默默無名，又有錢，感覺背地裡還有在做壞事的貴族家。」

原來如此，那樣調侃我是讓我不太高興，不過她難得說出實用的意見呢。

「說是這麼說，但其實我在聽了惠惠小姐的計畫之後，就已經看中一個目標了。」

「大姊姊這是怎麼了，今天未免也太可靠了吧。」

說真的，這個人到底是怎麼了啊？

那個名叫傑斯塔的貨真價實的變態也好，大姊姊也罷，阿克西斯教徒偶爾會發揮驚人的實力呢。

眼神當中充滿期待的我，等著要聽大姊姊看中的貴族家時……

「妳知道有名的達斯堤尼斯家的宅邸就在這個城鎮嗎？」

「…………」

我不禁啞口無言，賽西莉不知為何卻越說越起勁。

「目標當然是越大越好。從這點來說，達斯堤尼斯家自然是十二分的符合。接下來的條件是有沒有錢，他們家可是這個國家數一數二的大貴族，當然沒有貧困的道理吧。」

他們家雖然不到貧困，但以貴族來說並不算太有錢就是了。

「而且最重要的是，聽說他們整個家族都是虔誠的艾莉絲教徒！既然是完全受到邪惡的艾莉絲教徒汙染的家系，他們背地裡肯定有在做壞事！」

「不好意思，唯有他們家絕對不能下手。應該說拜託妳放過他們吧。」

認真聽這個人說話的我真是太丟臉了。

「既然惠惠小姐這麼說的話，那就沒辦法了……不然，我還想到另一個貴族家，當成第二順位的選項。我們先去調查那一家如何？」

3

「——貝爾海姆家？嗯……那裡對新手而言難度應該有點高吧。目前我也沒聽過他們家有什麼不好的傳聞，而且警備又很森嚴，我不太推薦。」

過了中午之後來到公會的我，逮住在裡面看起來好像很閒的克莉絲，向她打聽大姊姊告訴我的貴族家的情報。

「說什麼不推薦給新手，講得好像妳很習慣入侵貴族家似的。」

「噗哈！咳咳……！妳也知道，我的職業是盜賊嘛，就算沒有要實際進去偷東西，還是會盤算一下嘛！」

將含在嘴裡的深紅啤酒大口噴出的克莉絲連忙對我這麼說。

原來如此，大概就和爆裂魔法師尋求又硬又大，值得破壞的東西的習性很類似吧。

克莉絲拿手帕擦了擦嘴角之後說：

「我姑且還是會幫妳詳細調查一下貝爾海姆家，不過一開始還是挑更有小咖氣息的貴族宅邸比較好吧？如果是不法情事一曝光就會立刻被抄家的程度的小咖，就算被偷了多半也不會把事情公開。」

「我姑且問妳一下，妳只是在心裡盤算而已對吧？至於實際溜進去偷東西的經驗……」

「沒沒沒沒有喔！討厭啦惠惠，我怎麼可能做出那種以身犯險的事情嘛！」

克莉絲嘴上這麼說，但她好像不太擅長說謊，眼睛不斷亂飄。

還把手帕放在桌子上折起來又攤開，攤開又折起來，完全靜不下來，舉止相當可疑。

「……克莉絲是艾莉絲教徒對吧？妳敢對艾莉絲女神發誓，說妳沒有做過隻身入侵貴族宅邸那種危險的事情嗎？」

「要發誓喔……沒、沒有啦，我當然敢毫無保留地發誓。我敢發誓是沒錯啦……只是，這種不知道該做何反應才好的感覺是什麼啊……」

儘管對如此乾脆地發誓的克莉絲感到意外，我依然鬆了口氣。
克莉絲好像是虔誠的艾莉絲教徒，這應該不是在虛應故事才對。
我原本還在擔心她有沒有亂來，看來是杞人憂天了。
「對了，我有個問題想問克莉絲。妳現在最想做的事情，最希望實現的心願是什麼？」
「我嗎！問我最希望實現的心願喔……吶，惠惠，妳真的不知道我的底細對吧？真要說的話，我不是希望人家幫我實現願望的那一邊，而是幫人家實現願望的那一邊才對耶……」
克莉絲又說出這種奇怪的話來了。
我還以為這孩子是吾等盜賊團當中最正常的一個人，但意外的好像不是這麼回事。
「其實是和真告訴我，如果想順利統整團隊的話就要確實理解對方。說穿了，就是我想多認識妳一點。」
聽我這麼說，克莉絲一臉不可思議地凝視著我。
「是喔，和真也會說這麼正經的話啊。不過……希望實現的心願、想做的事情是吧。嗯～我已經隨心所欲在做想做的事情了，目前大概沒有吧。」
「隨心所欲在做想做的事情是吧。賽西莉也說了同樣的話呢。阿克西斯教徒和艾莉絲教徒其實在根本的部分是一樣的嘛。」
「等一下，再給我一次機會！我會仔細思考過之後再回答妳！」

或許是不喜歡被當成和阿克西斯教徒是同類，克莉絲眉頭深鎖，開始低吟。

煩惱了一陣子之後，克莉絲害羞地帶著靦腆的笑……

「我想做的事情…………比方說和女生朋友一起去逛街、買一大堆衣服，或是去時下流行的店裡吃好吃的聖代之類的……我想做的大概都是這種很世俗的事情吧。」

說出這種和活潑的外表正好相反，很有少女情懷的事情。

「妳應該辦得到吧。妳又不是芸芸那種邊緣人，也不像愛麗絲有身分地位要顧。在當冒險者，消息又很靈通的女盜賊，給我的印象就只有經驗豐富又很敢玩而已耶。」

「太、太過分了！我連約會的經驗都還沒有耶！」

第一次遇見克莉絲的時候她突然就找和真打賭，我原本還以為她是個嗨咖盜賊，沒想到或許意外的有純情的一面。

原來如此，真的跟和真說的一樣。

無論是賽西莉還是克莉絲，都展現出我所不知道的一面。

話說回來，約會是吧。

我好像也還沒有一對一正式約會過的經驗。

…………

「我忽然想到還有一個問題想問妳。」

「什麼問題？我和達克妮絲的交情已經很久了，和阿克婭小姐也算是有一段過去。和真和我也已經是共享祕密的關係了，你們的小隊裡就只有惠惠和我沒什麼交集。沒關係，妳想問什麼都可以。」

克莉絲晃了晃啤酒杯開心地這麼說，於是我問了她：

「妳和我們家和真是什麼關係？」

「……算是朋友吧。」

我把臉湊到別開視線的克莉絲面前。

「以朋友而言，妳最近這陣子和那個男人的感情好像也太好了一點。再說，克莉絲剛才說和我沒什麼交集，可是我覺得和真跟克莉絲應該也沒什麼交集才對吧。」

「這、這個嘛，妳也知道的啊，我教過他盜賊技能，諸如此類的啦！不過我們真的只是普通朋友喔！我對他並沒有特別的感覺！」

看她這樣拚命解釋反而更令人懷疑，「共享祕密的關係」的部分更是讓我非常在意。

「以前和真認識的女人頂多就只有我們，可是他最近莫名開始有女人緣，讓我非常介意。如果是長期以來都在一起的人也就算了，要是被哪個突然冒出來的來路不明的女生搶走了，我可受不了。」

原本一直認真聽我說話的克莉絲的臉頰微微泛紅，像是反擊我剛才的發言似的，以調侃的視線看著我說：

「這樣啊～～這麼說來，我聽說惠惠最近好像跟和真走得很近是吧。吶，妳喜歡他嗎？妳對他到底有多認真啊，告訴大姊姊嘛。」

「我喜歡和真啊。妳要問我有多認真的話，我只能說認真到不行。」

聽我這麼說，克莉絲愣了一下，臉變得更紅了。

「一開始我只覺得他是個經常做出怪異舉動的怪人，後來變成了很會照顧人的人，然後又變成了待在一起可以很放心的人。這大概就是等到自己發現的時候已經喜歡上對方的那種狀況吧。現在我每天想到和真的頻率已經跟爆裂魔法差不多了。」

「是是是、是喔！惠惠在奇怪的時候很有男子氣概呢。我原本還以為妳會更困惑，或是更不好意思一點，沒想到妳會這麼直接回應我，反而是我不知道該做何反應才好了……」

我覺得克莉絲看著我的眼神當中不知為何多了幾分尊敬。

「事情就是這樣，所以我想趁現在消滅任何有可能變成情敵的人。和真跟妳真的只是普通朋友嗎？」

「真的只是普通朋友！所以妳的眼睛不需要變得那麼紅！那個，不然我去調查一下貝爾海姆家好了！」

說著，克莉絲像是在害怕什麼似的，匆匆忙忙地衝出公會。

我也決定離開冒險者公會，前往下一個目的地。
也差不多該是芸芸帶那個孩子過來的時候了。

4

「這、這個很可愛吧！妳看，那個也是！」
「是啊，我不曾走進這樣的商店，所以非常有興趣……話說回來，芸芸小姐，我們不用去活動據點嗎？」
這間面向主要幹道，非常受到女生喜愛的小物商店。
我很熟悉的兩個人正在這間店裡面閒晃。
「沒關係啦。現在這個時候大家大概正在無所事事地吃著點心，然後惠惠因為被賽西莉小姐性騷擾而發脾氣，克莉絲小姐一邊說真拿妳們沒辦法，一邊苦笑…………這樣想一想，那邊好像也很好玩的樣子……」
「那麼，我們也差不多該過去了吧？逛街是很開心沒錯，不過要是被頭目大人發現了應該會挨罵吧。」

聽愛麗絲這麼說，芸芸「嗚」了一聲，顯得有點畏縮。
「是、是啊。我一點也不怕惠惠，不過一直到處閒晃讓大家等也不太好。那麼……」
「喂，妳這個傢伙帶著比妳小的女生到處亂跑，趁機實現藏在自己心裡的願望，居然還敢說那種話啊。」
聽見我從背後這麼說，芸芸抖了一下。
芸芸戰戰兢兢地轉過頭來——
「——真是的。就算再怎麼沒朋友也不應該硬拖著懵懂無知的依麗絲陪妳吧，妳到底在想什麼啊？我是為了保留我的爆裂魔法才指定會合時間叫妳去接她的，結果妳第一天就搞出這種事情來！」
「……對不起。」
走在前往活動據點的路上。
臉已經紅到耳根子去的芸芸雙手掩面，跟在我後面。
「妳八成是嚮往和年紀相近的朋友一起逛街吧，妳這樣我都不知道是為什麼叫妳去接依麗絲了。如果妳那麼想去逛那種店下次我陪妳去就是了，請不要動不動就做出這種傻事。」
聽我這麼說，芸芸帶著參雜了驚訝和期待的表情說：

「真、真的嗎？惠惠真的願意陪我去逛街嗎？我一直在收集哪天交到朋友之後想要一起去的店家清單，已經快要累積到三本筆記本的分量了……」

「太多了啦，至少鎖定個幾間好嗎！先別說這個了，我有個問題想問妳們兩個。」

說著，我對她們兩個提出和剛才一樣的問題。

「我想做的事情？呃，妳怎麼突然問這個啊，惠惠？要我回答也可以啦，但可能光是要列出我想做的事情，就算花上一整天也列不完吧……」

「就跟妳說太多了啦！總有一件真正想做的事情，最想實現的願望吧！」

聽我這麼說，芸芸不知為何不斷瞄著我看。

「如果是這樣的話，我差不多想跟惠惠真正一決高下了。」

然後怯生生地輕聲這麼說。

「我們不是早就分出高下了嗎？無論是等級、名聲，還是身為女性都是。」

「妳給我等一下，等級和打倒幾個魔王軍幹部也就算了，妳要提到身為女性的話我可無法接受！」

芸芸眼中閃現紅光，雙手交疊，像是在對我炫耀似的挺起胸膛。

……這個傢伙。

「我又不是在說身體的發育狀況。妳空有那個年紀輕輕卻莫名情色的身體卻釣不到男人，居然還想跟我對抗，未免太沒有自知之明了。」

「妳不過是跟和真先生走得比較近一點而已，不要以為這樣就算贏過我了！只要我有心……！有、有心的話……」

面對聲音越來越小的芸芸，我也得意洋洋地挺起胸膛。

「瞧，妳連一個男生朋友都沒有對吧？啊啊，前幾天的那個金髮小混混好像是妳的朋友是吧。那個男人應該跟妳很配喔，祝你們幸福！」

「就算是開玩笑我也不會原諒妳這番話，唯有那個人絕對不可能！很好，我要讓妳知道什麼叫有些話可以說，有些話不該說！我們現在就在這裡一分高下吧！」

眼睛發出紅光的芸芸從腰間抽出魔杖。

「妳、妳是怎樣，想打架嗎？很好，放馬過來吧！妳之前曾經對和真發動攻勢說要跟他生小孩，其實讓我心裡非常不是滋味！我現在就在這裡好好把事情弄清楚，讓妳再也不敢勾引別人的男人！」

「別、別提了！那是我的一時偏執和誤會造成的意外，所以妳可以忘記了！」

見芸芸放下魔杖害羞地如此吶喊，我在心中記下今天的勝利。

「到底有多少人在追求兄長大人啊！他在大庭廣眾之下脫過克莉絲小姐的內褲，還聽說他也對拉拉蒂娜做過見不得人的事情。現在連芸芸小姐都要和他……生、生小孩……！」

「別提了————！真的不是，我對和真先生沒有那種感覺！更更、更重要的是，我想聽聽依麗絲想要實現的願望是什麼！惠惠，妳也這麼想對吧！」

芸芸拚命想要轉移話題，愛麗絲則是紅著臉頰說：

「我、我啊，就是……」

……怎麼每個傢伙都這樣。

「我想和……兄、兄長大人……！」

「妳可別想繼續說下去了！妳們這些人是怎樣，各個滿腦子都在想談情說愛！這個年紀的女生這樣才叫正常嗎！」

5

我帶著被愛情沖昏頭的兩人回到活動據點時，裡面呈現出奇怪的光景。

「以艾莉絲教徒而言，妳的眼光還不錯嘛。沒錯，阿克婭女神就是那麼尊貴，而且非常惹人憐愛。」

「嗯，我知道，我是覺得她不是個壞人啦。嗯。」

賽西莉似乎正在對抱著膝蓋坐在地毯上的克莉絲傳教。

看來她好像是在解說阿克婭女神的優點。

「妳回來啦，惠惠小姐。現在，我正好在勸克莉絲小姐改信阿克西斯教呢。」

「咦咦！等一下，再怎麼樣我也不會改變宗教信仰喔！」

克莉絲雖然乖乖聽著賽西莉傳教，但似乎沒想到她會這麼說，結果大吃一驚。

「妳在說什麼啊？不然我問妳，妳覺得惡魔和不死者怎麼樣？」

「當然是覺得他們怎麼不快點滅亡算了。」

見克莉絲毫不猶豫地如此秒答，賽西莉笑容滿面地對她說：

「太棒了，克莉絲小姐，妳果然擁有阿克西斯教徒的資質！沒錯，阿克婭女神說過。惡魔必殺，魔王必滅，不死者必須回歸塵土！好了，妳也加入阿克西斯教吧……！」

「原則上艾莉絲教的教誨也是說惡魔和不死者是應該憎恨的存在喔！應該說我完全沒想過會有人想拉我進阿克西斯教。為什麼我最近這麼常陷入這種搞笑的狀況啊！」

她們兩個分別是阿克西斯教徒和艾莉絲教徒，我本來還以為會吵起架來的，沒想到相處得挺融洽，真是太好了。

我把爭論不休的兩人叫了過來，然後將預定計畫告訴大家。

站到桌子前面的我將雙手放在上面，挺身向前——

「那麼，各位，感謝妳們今天聚集到這裡來。吾等盜賊團已經獲得活動據點、得到後盾，更有了定期的收入來源。人員方面也有大量的入團申請者湧現。這應該算是非常值得高興的狀況吧。」

「是啊。人數和聚集的頻率都增加了，事情大部分都已經上了軌道了呢。」

聽我那麼說，芸芸也點頭如此表示。

「沒錯，目前發展得相當順利。既然吾等盜賊團都已經差不多具體成形，我想也是可以開始正式活動的時候了。」

聽我這麼說，愛麗絲微微歪著頭說：

「活動？今天到底要做什麼呢？上次是去山上採山菜，再上一次是去河邊釣魚。可是我今天沒有請家裡的人做便當耶，要去的話不如明天再去吧？」

「誰跟妳說我們要去玩了！不，最近的確是有種開始搞不懂這是什麼團體的感覺沒錯，但是請妳們不要忘記原本的目的。回想一下，吾等一開始是為了什麼而聚集在一起的。」

聽我這麼說，她們一個一個依序開口：

「我想是為了交朋友吧……」

「我以為是要去冒險……」

「大姊姊是想被可愛的美少女包圍，受到大家愛戴，才被吸引過來的喔。」

「奇怪！這跟我聽說的好像不一樣！」

見大家都忘記了原本的目的，我在大家面前用力拍了拍桌子。

「不對吧！我自己也不時會有點脫軌沒錯，但我們原本的目的是認同銀髮盜賊團的義行，所以要幫忙他們吧！是襲擊！我們要襲擊黑心貴族，打響我們的名號！事情就是這樣，克莉絲，請妳告訴大家調查的結果！」

「調查的結果沒有問題。他們家好像沒有在做什麼壞事，我想還是不要選這裡當成目標比較好。應該說，妳為什麼會想要選這裡啊？」

聽了克莉絲的報告，賽西莉一臉無趣地說：

「我之前去他們家要求捐款給阿克西斯教團，得到的回答卻是他們對宗教那類的事沒興趣。還說無論是艾莉絲教還是阿克西斯教，他們對那種可疑的東西一向都是拒絕往來……」

聽賽西莉這麼說，克莉絲突然激動了起來。

「就決定去那裡了！敢說宗教可疑的人都是神敵，應該遭受天譴！」

「就這麼決定，就這麼決定了！妳很懂嘛，克莉絲小姐，妳果然比較適合阿克西斯教！惠惠小姐，就這麼決定可以吧？」

我對亢奮不已的兩人說：

「完全不可以。既然沒有做壞事我們就不可以襲擊那裡，選別家吧。阿克婭女神和艾莉絲女神都不會允許我們那麼做的。」

「會啦，艾莉絲女神完全允許！」

「阿克婭女神一定也會允許我們的！不如說我好像都聽到阿克婭女神叫我們放手去做的神諭了！」

我該怎麼處理這兩個人呢？

應該說，我原本以為最正常的克莉絲原來思想意外的這麼激進，讓我大吃一驚。

我深深體會到和真說的沒錯，理解同伴確實是非常重要的一件事情。

「原來如此，狀況我都了解了。也就是說我們終於要去當正義使者了對吧！那麼不如這麼辦吧，其實王家有列入觀察的貴族名單。我們就依照上頭記載的名字，總之先去襲擊貴族宅邸再說，要是什麼都沒找到的話再請父親大人出面賠罪……」

「妳還是乖乖聽話就好了！不可以搬出妳的父親大人！」

正當我如此吐嘈做出更加激進發言的愛麗絲時，芸芸用力拉了拉我的披風。

「算了啦，這個團體還是維持現狀，大家每天開開心心玩在一起不就好了？妳看，這是依麗絲的女僕為我們作的點心喔。很好吃，惠惠也吃吃看……等一下啊啊啊啊啊——！」

我把芸芸遞給我的點心全都倒進嘴裡，接著用力嚼了嚼，吞下去之後。

「沒辦法了，就算要襲擊也得有對象才能夠行動。還是暫時觀察一下狀況吧。」

畢竟，這次不同以往，我不是要一個人去引發騷動。

這次我有頭目的責任要顧。

「誰教妳連我的份都吃掉了啊啊啊啊啊！」

一邊被芸芸用力搖晃，我一邊煩惱不已。

6

「——我回來了～～」

「歡迎回來～妳怎麼一臉很累的樣子啊？」

後來，我們完全討論不出半點共識，只有時間不斷流逝。

不知為何，克莉絲說她有辦法找到適合溜進去偷東西，難度不高的貴族家，所以今天就先解散了，只是……

「沒有啦，我只是覺得理解大家、統整大家實在是很辛苦的事情。有個大姊姊一直調戲我，原本以為最正常的人意外的非常激進，自稱競爭對手又愛跟我吵架，還再次認知到那個小女孩仍然在虎視眈眈地伺機而動，害我覺得好累。」

因為我平常都是隨心所欲地大鬧特鬧的那一邊，沒想到變成阻止別人的立場會這麼累。

「雖然聽不太懂，不過好像真的很辛苦呢。妳就趁這機會好好體會一下我的辛勞吧。」

我往閒適地坐在沙發上的和真身旁一屁股坐下，然後抬頭盯著他的臉看。

「喔，怎麼了？幹嘛盯著最近廣受公會內女冒險者好評的我看？妳也和那傢伙一樣，到了現在終於發現我的魅力了嗎？」

雖然我好像也沒資格說這種話，不過愛麗絲為什麼會看上這個男人啊？

本人似乎覺得自己擺了一個很帥的表情吧，他皺起眉頭，歪著身子，鼓著鼻孔這麼說。

「你最近確實廣受公會裡的女生們的好評呢。大家都叫你稍微捧一下就會隨便請人家吃吃喝喝的好騙真先生。」

「那些傢伙給我記住，下次被我碰到就等著接下『Steal』吧。」

儘管我就在他身旁，這個男人還是一邊咬牙切齒，一邊毫不在乎地做出對其他女性的性騷擾發言。

我為什麼會看上這個傢伙呢？

我回想起白天和大家的對話。

我說愛麗絲和芸芸滿腦子只想著談情說愛，但是自己在面對這個處處留情的男人的時候，說來說去還是會原諒他，大概是因為我也被愛情沖昏頭了吧。

基本上是懶惰蟲一隻，明明很弱嘴巴卻很壞，還會在冒險者公會吹噓自己的功績，一點也不謙虛。

外表很普通，個性既不是了不起的好人，也不到算是壞人的地步，是個膽小鬼。

「……吶，妳到底是怎麼了？這樣一直盯著我的臉看，再怎麼樣我也會有點害羞耶。怎麼？妳是喜歡我嗎？」

然後明明本性就是個色狼，但是像這樣稍微被看一下就會為之動搖。

而且只要我稍微對他表示一下好感……

「我喜歡你啊。我也不知道為什麼會這麼喜歡你，所以才會像這樣認真考察起來。」

「呼啊！」

沒錯，他就會變成這樣。

「妳、妳這個傢伙，我從很久以前就告訴過妳多少次了，不要突然就隨便說出那種話來好嗎，我也是需要心理準備的。今後妳要說這種事情的時候，必須事先確實透過寫信之類的方式，預先告知要在幾月幾號的幾點說。」

「那是什麼毫無氣氛可言的告白方式啊？我只是依照自己的心意，總是把想說的事說出來罷了。昨天和真不是也告訴過我，要嘗試理解對方嗎？所以我現在想要試著理解和真。」

我目不轉睛地凝視著和真這麼說，他便驚慌失措，舉止可疑了起來。

看著這樣的他，我不禁輕聲一笑。

「和真相當了解我，所以才能夠順利下達指示對吧？你知道我現在在想什麼嗎？在我們兩個獨處的現在，你知道我想和你做什麼嗎？」

「……做……」

喂。

「不對，等一下。剛才那個不對啦，不算！」

「在這種氣氛之下你原本打算對少女說什麼，我洗耳恭聽！」

和真看見我的眼睛的顏色之後就把話吞了回去，手足無措了起來。而我看見這樣的他，忽然開始覺得認真思考的自己很可笑。

沒錯，像這樣準備周全、擬定計畫再去襲擊，完全不是我的行事風格。

什麼統整大家、阻止大家。

什麼思考後果之類的，這樣一點也不像我。

無論何時我都是全力以赴。

我到底在煩惱什麼啊？

「不是啦，惠惠。我覺得是妳那種問法太狡猾了。這樣好了，三選一的話我一定猜得

到。再給我一次機會吧。」

如果演變成我自己無法處理的狀況，雖然一直依賴他讓我很過意不去，不過到時候再拜託這個人就是了。

我對著還在說傻話的和真開了口：

「不用啦，沒關係。」

並且露出笑容，表示我已經不生氣了。

……但是。

「等一下，是我不好啦，原諒我吧！我再認真思考一次就是了！……對了，突然就要那個確實是跳太快了。先從接吻之類的……」

「我不是都說沒關係了嗎！而且你講話太大聲了！阿克婭和達克妮絲都在廚房，要是被他們看到這一幕的話……！」

就在我說到這裡的時候。

我發現和真的視線不在我身上。

「啊哇哇哇哇哇……」

和真的視線前方，是從走廊的暗處探出頭來，雙手緊緊握著擦桌子的抹布的阿克婭。

阿克婭凝視著我們，帶著戰慄的表情向後退……

「吶，達克妮絲，大事不好了——！和真和惠惠紅著臉黏在一起，說了要接吻還是什麼的耶——！」

我們連忙阻止了打算去報告的阿克婭。

7

隔天。

在聚集到活動據點的成員們面前，我用力揮了一下披風。

「今天的我氣勢十足。天氣也是萬里無雲，正是適合火拚的好日子！」

在擺出耍帥姿勢的同時，我拿起愛用的法杖。

「吶，我姑且問一下，我們是要偷偷溜進壞貴族的宅邸偷東西對吧？火拚是怎樣？雖然我不知道那是什麼意思，但是聽起來就很危險……」

芸芸一臉不安地對我這麼說。

「火拚就是火拚。這是和真教我的，他說這是在襲擊的時候可以用的詞彙。總之我們先去貴族宅邸看看，剩下的事情只要靠衝勁和氣勢搞定就可以了。」

「吶，我們是盜賊團對吧？我們不是強盜團，是盜賊團對吧？」
沒有理會抓著我的肩膀不住搖晃的芸芸，我問了克莉絲：
「所以呢，妳昨天說要去找值得火拚的貴族，有目標了嗎？」
「呃，嗯，原則上是有啦。不過，我不是要重複芸芸的話，但我們是要去偷東西對吧？不是去打劫對吧？」
儘管有些害怕，克莉絲還是在聚集到活動據點來的大家面前拿出一張地圖。
那是阿克塞爾周邊的地圖。
克莉絲指著位於城鎮外面的森林說：
「事情是這樣的。其實這附近有某個貴族的別墅。然後，那裡發生了有點奇怪的事。」
根據克莉絲表示，不知為何，那棟別墅附近傳出了在阿克塞爾周遭應該見不到的強大怪物的目擊情報。
「那應該是冒險者公會的管轄範圍吧？聽說，最近因為阿克塞爾的冒險者們狩獵了好幾個懸有重賞的目標，賺了點小錢，大家都不工作了。是不是因為這樣，才有大型怪物搬過來吃那些弱小的怪物啊？」
聽我這麼說，克莉絲一臉複雜地搖了搖頭。
「或許是這樣，也或許不是。我之所以這麼說是因為那個貴族家可能用了某種神器。」

那種神器，是能夠隨機召喚，並且加以使喚。

如果真的有這種東西，確實足以稱為神器……

「這種聽都沒聽過的貴族，有辦法弄到那麼厲害的東西嗎？那種東西就算定個天文數字的價格也不奇怪吧。」

「其實呢，為了不被任何人發現，那個神器被丟進有凶惡的大咖懸賞對象沉睡的湖底，並封印在裡面。」

凶惡的大咖懸賞對象。

……我記得，最近好像才在阿克塞爾附近的湖裡有這樣的一隻怪物遭到討伐。

「沒錯，就是那隻叫多頭水蛇的懸賞怪物。那塊土地的魔力被多頭水蛇吸光，湖水也遭到汙染。封印了神器的人似乎認為沒有人會接近那種地方，所以才選擇了那裡……但是湖泊附近的綠化速度遠比想像中的還要快上許多，人們開始在那一帶往來了。於是，封印了神器的那個人想把神器移到更安全的地方去，好像就在湖底打撈了一陣，但是……」

「原來如此，神器已經被人拿走了是吧。」

然後就傳出這次強大怪物的目擊情報。

而且，仔細想想，把宅邸建在那種地方，而不是有圍牆保護的城鎮裡面也很奇怪。

既然召喚的怪物是隨機出現，那個貴族或許是在出現了不喜歡的怪物之後就直接放生到森林裡去了。

「還有，關於那個神器……不知道為什麼經常落入黑心貴族的手中。神器的上一個持有者，是那個名叫阿爾達普的領主大叔。」

就是一直對達克妮絲情有獨鍾，後來行蹤不明的那個人啊。

「那麼危險的神器，站在王家的立場也不能置之不理。頭目大人，請務必要去那間宅邸！」

「吶，依麗絲，妳剛才是不是說了站在王家的立場也不能置之不理啊？」

「我沒有說。」

一臉嚴肅的芸芸的視線，逼得愛麗絲一點一點後退。

這時，原本坐在沙發上乖乖喝著茶的賽西莉表示：

「派得上用場……那個叫神器的東西派得上用場。召喚出怪物，任牠們到處作亂，然後再讓阿克西斯教徒瀟灑地趕往現場救援。沒錯，光是這樣就能讓想要入教的人翻倍了吧！」

原來如此，也有像這樣被濫用的可能性啊。

越聽越讓人覺得不能將那個神器置之不理了。

應該說，這算是相當嚴重的問題吧。

該說是問題的規模太過龐大了呢，還是說已經超出我們所能負荷的範圍了呢，感覺已經是某種大事件的前兆了。

不過……

「我記得回收危險的神器也是銀髮盜賊團的目的之一。還是先去那間宅邸看看吧！」

——那是一間似乎才剛蓋好沒多久，外觀還不見髒汙，規模略小的宅邸。

或許是為了防範怪物，宅邸外側圍了一圈堅固的鐵柵欄，內側也設置了許多陷阱。

嗯，到這裡為止都還沒問題，但是……

「事情好像有點嚴重耶。」

「吶，現在不是說這種話的時候了吧！我們得快點去救人才行！」

我們原本打算襲擊的那間貴族宅邸，目前正遭受大量的怪物襲擊。

「哎呀——他們該不會是不小心叫出無法以神器使喚的怪物了吧？可是，如果是這樣的話，被成群的怪物襲擊也太奇怪了。」

當一旁的克莉絲還在冷靜地觀察時，愛麗絲拔出了劍。

「不管怎麼說，我想我們還是前去救援比較好吧？光靠那幾位警衛恐怕難以抵擋那麼多怪物……」

並且如此請示我的指示。

仔細一看，警衛們正在柵欄內側以長槍和弓箭應戰。

然而……

「不，大姊姊有個主意。現在應該先置之不理才對。」

賽西莉突然說出這種話來。

「說的也是。如果是以盜賊團而言，這種時候應該稍微觀察一下狀況才是正確選擇。如果他們真的持有神器，應該會拿出來試圖使喚怪物才對。」

就連克莉絲也如此贊同她的意見。

「以艾莉絲教徒而言，妳的意見跟我很合嘛！沒錯，就這樣到最後一刻都不要管他們，等到那些警衛陷入危機的時候，如果覺得救得了再抱持著要求回報的態度去救他們！到時候怪物的數量也變少了，救起來也比較輕鬆！」

「不是啦，我那麼說並不是這個意思！只是以盜賊團而言，為了達成目的而想確認神器的有無的話這樣做比較好，所以才……！」

克莉絲連忙解釋，但賽西莉只是不住點頭。

「然後確認有神器的話，就要求他們交出來當作是迎救他們的回報是吧。不愧是艾莉絲教徒，想法真是惡劣啊！但是我不討厭這種做法！」

「不不不、不是……！我從來沒說過要等到最後一刻才救他們啊……！」

我可以明白克莉絲想說什麼。

的確，如果他們真的持有那個什麼神器的話，在陷入危機的時候應該會用才對。

而且我們還可以省下刻意冒險潛入貴族宅邸確認神器所在地的麻煩。

「我沒想到克莉絲是那麼冷酷的人，不過這個方法還算不錯。」

「連惠惠都這樣說！不是啦，妳們兩個聽我說！」

然而。

「所以我才說不要住在這種地方嘛！」

「事到如今說這種話也無濟於事吧，你也知道大小姐就是這麼任性！」

聽見警衛們這樣的對話從柵欄裡面傳出來，芸芸和愛麗絲都帶著傷腦筋的表情看著我。

「大小姐在哪裡？至少也要讓大小姐逃走才行……！」

「從剛才開始就不見人影，所以我們也不能逃離這裡！」

這時又聽見了這樣一番話的我，語氣平靜地宣告：

「要對付那麼多怪物，即使是我們可能也無法全身而退。」

「惠惠……」

芸芸輕輕叫了我一聲。

我並沒有回應她，目不轉睛地看著襲擊貴族宅邸的怪物，繼續以平靜的語氣說了下去：

「而且，我是盜賊團的頭目，有責任盡可能避免讓大家以身犯險。我也是高智商的紅魔族，所以能夠明白就這樣置之不理，觀察狀況應該才是明智的抉擇。」

芸芸當然也能夠理解這件事，所以只能無言以對，顯得相當失落。

一旁的愛麗絲依然拿著已經拔出來的劍，視線在貴族宅邸和我之間來回，不斷游移。

而我背對這樣的兩人，向前踏出一步。

「但是，我不僅是盜賊團的頭目，更是一名冒險者。心裡想著有朝一日要打倒魔王的我，怎麼可能在面對區區的怪物時耐著性子觀察狀況呢？」

在我這麼說完之後舉起法杖時，身後傳來一個輕微的笑聲。

「這樣啊。與其搞盜賊團，惠惠還是比較適合當冒險者。」

聽著克莉絲這番不像是在誇獎我，卻隱約透露出喜悅之意的話語，我開始詠唱。

我是很想變得和自己所崇拜的那兩個人一樣，但沒辦法。

面對怪物還要觀察狀況，這種事情我辦不到。

「惠惠，妳沒解決掉的漏網之魚就交給我吧，我會幫妳全部收拾掉！」

在開始詠唱的我的右後方，芸芸開心地舉起魔杖。

居然認定我的攻擊之下會有漏網之魚，真虧她有膽這麼說。

「施展了魔法之後會被怪物發現。往我們這邊過來的對手，就交給我對付！我今天是保

護頭目大人的盾牌！」

我想這個孩子才是最應該被人保護的才對，但是愛麗絲絲毫沒有察覺我的擔心，在我的左後方舉起劍來。

「那大姊姊就在最後面幫大家加油！受了傷的孩子大姊姊會好好治療，記得要說喔！」

這種時候還是一點都不會變的賽西莉，讓大家不禁莞爾。

克莉絲也拔出匕首，守住我的背後。

「那麼，我偶爾也來努力一下好了。我要讓妳們見識一下盜賊有多厲害。那麼，惠惠，咱們動手吧！」

盜賊團的正式活動，或許再等到晚一點會比較好吧。

比方說，等到打倒魔王，世界變得和平之後。

「快點啊，第一招讓給妳就是了，快讓我們見識一下頭目的真本事啊。」

聽著芸芸這番挑釁的話語。

「『Explosion』————！」

我全力施展了魔法——！

8

魔力恢復到能夠走動的程度的我，拖著沉重的步伐回到豪宅之後。

「歡迎回來～～！吶，惠惠，妳聽我說！今天的晚餐是很久沒吃的霜降紅蟹喔！讓我回想起我們剛搬來這間豪宅的時候呢！」

阿克婭帶著滿面的笑容出來迎接我，手上還拿著蟹螯一開一合地玩。

「還真是豐盛啊。沒想到我一生中居然可以吃到兩次霜降紅蟹。」

拖著因為魔力不足而感到倦怠的身體，我倒在沙發上。

「妳今天看起來又比平常還要疲憊呢。話說爆炸聲都傳到這裡來了，可見妳今天的氣勢特別不一樣喔。雖然沒有親眼看到，不過今天的爆裂魔法我可以給妳九十五分。」

坐在餐桌旁邊期待不已的和真這麼說。

「話說回來，惠惠，妳今天的表情看起來相當神清氣爽呢。是不是有什麼好事啊？」

達克妮絲在將沸騰的火鍋放到餐桌上的同時，帶著溫柔的表情這麼問我。

「今天我認清了自己最想做的事情。一定是這個原因吧。」

「妳想做的事情除了施展爆裂魔法之外還有什麼啊？」

我難得心曠神怡的好心情被和真的亂插嘴潑了一盆冷水。

他到底要把我當成只有爆裂魔法的女人到什麼時候啊？

像今天也是，我帶領大家去了貴族宅邸，發現那裡的人不知為何遭到怪物襲擊，為了救他們，我光是施展了爆裂魔法就——

「……奇怪？我今天好像只有施展爆裂魔法而已耶？」

「妳突然說這種話是怎樣？應該說，妳怎麼事到如今才在說這種話啊？妳一直都只有施展爆裂魔法而已啊？追根究柢，如果從妳身上抽掉爆裂魔法，就只剩下蘿莉成分了吧。」

正當我滿心疑問時，迅速倒著酒的和真什麼不好叫，偏偏叫了我蘿莉。

「那不時對我性騷擾的和真就是蘿莉控了。冒險者公會會好好幫你宣揚控蘿真之名。」

「住、住手，妳要自爆也別把我捲進去。這樣一來小蘿莉之名也會正式跟著妳喔。」

沒有理會這樣的我們，阿克婭已經把螃蟹放到烤爐上烤了起來。

「真是的，有螃蟹在面前還可以吵架，你們兩個在想什麼啊？就不能像我一樣冷靜一點，活得沉穩一點嗎？」

「妳剛才在拿到達克妮絲的老爸給我們的螃蟹的時候明明還高興到不停蹦跳，最後踢到沙發哭了出來不是嗎。」

正當我想著要在吃飯前先去洗個手的時候，剛把火鍋放到餐桌上的達克妮絲就來到我身邊，扶我起身。

「我不知道發生了什麼事，不過惠惠今天看起來特別高興呢。吃晚餐的時候，可以說說妳今天做了些什麼嗎？最近的惠惠看起來總是非常開心。」

說著，她對我笑了笑。

——結果，那個時候我們搭救的貴族，一言以蔽之就是爛透了。

在我們驅逐了怪物之後，似乎是一個人逃到宅邸外面去，年紀和我們差不了多少的貴族千金大小姐就現身了。

我們也沒有要求謝禮，她卻突然開口就說：「我又沒叫妳們來救援。」

要不是我處於耗盡魔力，無法動彈的狀態，我可能已經忍不住攻擊她了。

那間貴族宅邸為什麼會遭受怪物襲擊？

最根本的問題是，他們為什麼要把宅邸建在那裡？

儘管還留有許多疑問，克莉絲卻表示這些事情總有一天會解決。

她之所以這麼說，是因為銀髮盜賊團好像也盯上了那間貴族宅邸。

克莉絲為什麼會知道這種事情讓我有點好奇，不過這大概也是因為盜賊之間有著某種情報網吧。

「達克妮絲說得好。其實我也很好奇惠惠最近在做什麼。想說妳會不會又做出什麼奇怪的事情來了。」

視線沒有從被烤得滋滋作響的螃蟹上頭移開的和真這麼問。

「我知道喔，因為賽西莉有告訴我。聽她說，好像是在榨取美少女的精華，而且還想到了什麼藉此賺取暴利的方法。」

聽她這麼說，和真和達克妮絲用一種「妳該不會開始做什麼見不得人的生意了吧」的眼神看著我。

「我會好好告訴大家我在做什麼啦。我並沒有做什麼見不得人的事情喔……真的喔。真的啦！所以不要用那種眼神看我！」

我連忙向大家解釋，同時回想起今天的事情。

這種無疾而終的結果多少讓我有點不甘心，但是又覺得，如果我所崇拜的他們能夠替我們扳回一城，那好像也不錯。

不過，可以的話。

「就在煙火大會那天的晚上。被警察釋放的我，正一個人走在回豪宅的路上時——」

真希望總有一天，能夠再次見到我所崇拜的他們——

最終話
反擊的盜賊團

1

事情發生在我們前往鄰國埃爾羅得，經歷了種種之後回到阿克塞爾來，然後又過了一陣子的某一天。

「這裡就是朵內利家的宅邸啊。我不知道為什麼要蓋在這麼偏僻的地方，不過倒是蓋得還滿氣派的嘛。」

我們來到兀自佇立在阿克塞爾附近的森林當中，名叫朵內利的貴族的宅邸。

仰望著宅邸的我如此表示，由於今天是來見貴族而穿了禮服的達克妮絲便用力點了點頭說：

「朵內利家是從以前就相當致力在從商的貴族。儘管位階不高，在資金方面卻足以凌駕於我們家之上。不過，他們的年輕女當家是個令人厭惡的傢伙。明明只是個位階不高的暴發戶，在社交界見到我的時候卻動不動就話中帶刺，說我們家是沒有錢的貧窮貴族，瞧不起我們家！和真，這次的委託可能有什麼內幕，你要小心喔。」

或許是他們兩家貴族之間的關係不太好，達克妮絲顯得相當憤慨。而在他身旁同樣穿著禮服的阿克婭不知為何同樣激動地表示：

「我知道朵內利家！之前我花光零用錢，去找他們家經營的金融業者借錢的時候，他們說不借錢給阿克西斯教徒就把我趕走了！」

「妳這個傢伙在我沒注意的時候幹了這種事情啊……真是的，在埃爾羅得想餵我安眠藥奪走我的貞操的達克妮絲也好，妳也罷，難道就不能學學最近這麼乖的惠惠嗎？」

「！」

聽我這麼說，惠惠整個人抖了一下。

「……喂，妳最近是不是闖了什麼禍？」

「沒有。」

看著儘管別開視線還是斬釘截鐵地如此斷言的惠惠，我敢肯定這個傢伙絕對闖了什麼禍。

「和、和真……關於想對你下藥那件事情我道歉就是了，你可以忘掉那件事當成沒發生過嗎……就是……那件事對我們雙方都很尷尬，都算是汙點吧？對吧？不然，回家以後我請你喝好喝的酒就是了……」

「吶，和真，這家不可以啦，我們拒絕他們吧！嫌棄阿克西斯教徒的家族肯定不是什麼好東西！」

我丟下兩個吵死人的傢伙，敲了敲宅邸的門——

——我收到了一封信。

信件的內容是希望我這個阿克塞爾名聲最響亮的冒險者，能夠接下一項委託。

對方會想要依賴在鄰國埃爾羅得又締造了一項傳說的我，這樣的心情我可以理解。

但是，我每天都為了對付魔王軍而在研磨武器、鍛鍊身體，有很多事情要忙。

像這種委託原本我都是直接回絕，不過這次的對象是貴族。

雖然已經有許多關係可以利用，不過現在我也知道了權力之可貴，趁機建立新的關係也還不壞。

我原本是這麼想，而打算接受委託的……

「幸會。我是朵內利家的當家，名叫卡蓮。」

我們被帶到會客室之後，在此向我們打招呼的，是一個年紀比我略大的紅髮少女。

身高頗高，和我差不多，是個苗條的模特兒體型的美女。

「你就是佐藤和真先生對吧？今天承蒙你願意接受本家的請求，真是太感謝……」

自稱卡蓮的那個人在看見我之後，停下了動作。

不對，正確來說是看見躲在我背後的惠惠。

「……抱歉，請妳稍等一下。」

「好、好的……沒關係……」

我抓著依然縮在我背後的惠惠的後頸暫時離開會客室，來到走廊上。

「妳跟那個叫卡蓮的人怎麼了？快說。」

「你在說什麼啊？我和她是第一次見面當然沒怎樣……我知道了，我說就是了，不要用『Drain Touch』！用了我就無法施展今天的爆裂魔法了！」

自從來到這間宅邸狀況就不太對勁的惠惠，一面提防著我已經伸到她身邊的右手，一面開了口：

「……其實之前這個家曾經遭受怪物襲擊，那個時候我和同伴們一起營救了他們——」

我不知道惠惠跑來這種森林裡面做什麼，不過聽了她告訴我的部分，內容感覺並沒有什麼好隱瞞的。

「什麼嘛，我還以為有什麼隱情呢，像是在打倒怪物的時候爆裂魔法破壞了宅邸的一部分，或是掃蕩怪物的時候也一起掃蕩了警衛們之類呢。」

「不，並沒有類似這樣的事情發生……」

嘴上這麼說，惠惠不知為何卻含糊其詞。

「如果問心無愧的話妳大可以抬頭挺胸啊。怎麼，妳是因為瞞著我們去討伐怪物怕我們會介意嗎？我是有點擔心，不過乍聽之下，妳的那些同伴好像也不弱嘛。」

「是啊，有個還滿強的基層人員，跟一個沒朋友的紅魔族。再加上阿克西斯教的祭司和盜賊吧。」

這個小隊結構有點莫名其妙，不過沒朋友的紅魔族大概就是芸芸吧，有那個女孩跟著她的話應該不太需要擔心。

「既然如此就沒有任何問題了。畢竟賺經驗值也很重要嘛，我有空的時候也去陪你們好了。」

「和真明明每天都有空吧。不過，如果和真願意陪我們的話，我就讓你成為我們的同伴好了。包你嚇一跳喔！」

雖然聽不太懂，不過既然她看起來那麼開心就好了。

我帶著惠惠再次打開會客室的門……

「快道歉！你們說不借錢給阿克西斯教徒還把我趕跑，快為了這件事好好向我道歉！」

「非、非常抱歉。不好意思，我代替我的員工向妳謝罪……」

便看見逼卡蓮道歉的阿克婭，還有在她身旁，以雙手遮著通紅的臉的達克妮絲，害我瞬間很想直接閃人。

2

「——要驅除在宅邸附近遊蕩的怪物們？」

「是的。如果是在這個城鎮也是以武功高強而聞名的佐藤先生的小隊，我也能夠安心委託……」

拿茶點給了氣憤的阿克婭讓她安靜下來之後，我們正式聽對方說明了委託內容。

「這個嘛，我們是很厲害沒錯啦。不過報酬未免也太高了吧？這可以當作妳對我們的評價就是這麼高吧？」

「喂，你就不能謙虛一點嗎？而且我一開始就告訴過你了，他們家的委託可能另有內情，要你當心啊……」

正當我一臉認真地聽對方說話時，達克妮絲一邊如此耳語，一邊用手肘頂了我的肚子。

話是這麼說沒錯，但是考慮到我們的功績，之前的評價才叫作不當，這才是正確的對待方式。

至於卡蓮，她在我稍微挺起胸膛的時候突然伸出雙手，緊緊握住我的手。

「那是當然了，佐藤先生。我早就久仰你的大名了。人人都說佐藤先生運用許多的技能以及令人敬佩的機智，將眾多魔王軍幹部玩弄於股掌之間。而且隊友們也都是大祭司與大法師等等，各個都是可靠的上級職業……！」

「這個嘛，我們是很厲害沒錯啦。如果沒有我的話，還真不知道這個城鎮現在會變成怎樣呢……」

卡蓮握著我的手，以仰慕的眼神看著我這麼說，讓我感到有點不好意思，卻還是忍不住將胸膛挺得更高了。

這時，在這樣的我身旁，達克妮絲一臉厭煩地開口說：

「……喂，和真的小隊裡還有本小姐好嗎？」

總覺得她的眼神有點凶惡，語氣也很冷淡。

「哎呀，我還以為妳今天只是怕跟妳關係親密的男人被我搶走，所以死賴著一起跟來罷了呢……原來達斯堤尼斯爵士在學人家當冒險者的那個傳聞是真的呀。只有家世可取，沒有半點錢的貴族還真是辛苦啊。」

卡蓮將纏在我的手上的手指鬆開，對著這樣的達克妮絲笑了一下。

「呵呵，妳這麼說還真有意思。果然是靠錢爬上貴族階級的家族，看來妳一點都不懂得什麼叫作禮儀和拘謹呢。不同於某些為了錢可能不惜賣身，家名無足輕重也不用肩負責任的暴發戶貴族，達斯堤尼斯家身為國家的棟梁，有貴族的義務要顧，所以才像這樣挺身而出，成為保護庶民的盾牌。」

達克妮絲和剛才縮起身子用手肘頂我的時候截然不同，她緩緩挺直背脊，散發出優雅與威嚴，以微笑回應對方。

……咦？這是怎樣，好恐怖。

「哎呀，不愧是達斯堤尼斯大人。為了妳所謂的貴族的義務，窮困到在社交界必須穿同一套禮服好幾次，真是令我動容。如果妳不嫌棄我穿過的東西，不妨帶幾套禮服回去吧？」

眼中毫無笑意的卡蓮如此表示，達克妮絲也帶著僵硬的笑容說：

「不愧是每次穿完禮服就會丟掉的家族，在體型和心態兩方面的肚量都很大呢。不過，我並不是因為沒錢，而是因為喜歡穿家母以前穿過的禮服才那麼做的，所以不勞妳費心了。而且……」

說完，她為了強調那個部位，刻意雙手抱胸。

「既然是妳穿過的禮服…………無論如何，胸圍的部分我就塞不下了吧。」

完全不是譬喻，我感覺到現場的空氣真的凍結了。

……這是怎樣，真的很恐怖耶。

我都想回家了。

隨著一個用力拍桌的聲音，卡蓮突然站了起來。

「妳再說一次看看啊，只有身材可取的達斯堤尼斯！男人們比較喜歡我這種苗條的體型好嗎！」

「是嗎，我偶爾出現在社交界的時候，男人們的視線好像都集中在我身上而不是妳身上耶，那總不會是我的錯覺吧？每次胸圍變大的時候都要修改禮服，真是累人呢。朵內利小姐每次都買新禮服的理由大概也是這樣吧？」

達克妮絲也同樣站了起來，刻意將交疊在胸部下方的雙臂向上一托，強調那個部位。

「啊啊，好重好重……如果不是在當冒險者可以鍛鍊身體的話，我大概也支撐不了這個重量吧。」

「妳、妳這個女人！」

咬牙切齒的卡蓮瞪著達克妮絲看，而達克妮絲本人卻是刻意皺起眉頭，裝出一臉傷腦筋的表情。

「朵內利小姐看著這個部位的眼神好像很羨慕的樣子，可是這麼大一點好處也沒有喔。不但重，又容易肩膀痠痛，可以穿的衣服也很有限，鎧甲也得訂製才行，而且男人的視線更是會像這樣……你、你這個傢伙，我是知道你會看，但是也看得太不客氣了吧……」

見我直盯著被她托高的那個部位看，達克妮絲稍微後退了幾步。

「好痛！嗚喂，妳這是在做什麼啊，惠惠？我又不是在挑釁妳……！算我不對就是了，不要拉我的頭髮！」

然後惠惠不知為何就開始拉扯達克妮絲的頭髮，讓卡蓮看見這一幕似乎就比較沒有那麼氣憤了。

「那、那個……所以，佐藤先生願意接下這項委託嗎？」

她嘆了口氣之後，露出很表面的笑容，對我這麼問道。

3

翌日。

決定接下委託的我們，準備好齊全的裝備之後，再次來到了宅邸附近。

驅除突然出現在宅邸周邊的眾多強大怪物。

這就是我們這次接下的委託。

「不過，為什麼只有在這種地方一直冒出強大的怪物啊？這裡是不是長了什麼好吃的東西啊？應該說，我總覺得有種不祥的預感。我們今天先回家，改天再來好不好？」

我們在宅邸附近巡邏，尋找怪物的身影。

「妳這個傢伙，上次下雨的時候我本來要叫妳去買晚餐用的食材，那個時候妳也說有不祥的預感所以不肯外出，結果也只是在家打電動啊。應該說，怪物會隨便改變棲息環境嗎？我是接下了委託沒錯，但是討伐目標也只說是宅邸周邊的強大怪物，說得不清不楚的。如果目標是不死怪物的話，我們這邊倒是有個很適合用來吸引目標的誘餌就是了……」

「吶，我姑且問一下，你所說的誘餌不是指我吧？」

阿克婭用力拉了拉我的衣袖，不過我當然沒有回答的必要。

……話說回來。

「我還真沒想到妳會說那種話耶。溫柔賢淑的貴族千金這個頭銜在那一刻終於消失殆盡了呢。妳是怎麼說的來著，『男人們的視線好像都集中在我身上』是吧？什麼嘛，妳在社交界的時候就不是很介意曝身在那種視線之中了嘛。」

「不、不是……！才不是這樣呢，在那種場合有些時候就是得藉由視線進行貴族之間的攻防……」

聽我那麼說，達克妮絲連忙解釋。

「就是說啊。而且還一下挺胸一下托胸的，我還是第一次見到那麼充滿挑釁意味的達克妮絲呢。原來如此，其實妳也是做得出那種事情來的，只是我們不知道而已。妳是怎麼說的來著，『啊啊，好重好重……』如果不是在當冒險者可以鍛鍊身體的話，我大概也支撐不了這個重量』是吧。那個時候的表情還真是信心十足呢。」

惠惠也如此追擊達克妮絲，害她面紅耳赤地越走越快。

正當達克妮絲拔出掛在腰際的劍對著森林的草木亂揮，藉此洩憤的時候。

「嗯？喂，妳等一下。」

我以感應危機技能感覺到些微的氣息，拉住達克妮絲的披風的那個瞬間。

「怎樣啦，和真？要是你還想繼續羞辱我的話，我也有……」

達克妮絲的話才剛說到這裡，她的大劍已經隨著一個清脆的金屬聲飛上了天。

要是達克妮絲就這樣一直往前走的話，現在大概已經跟自己的大劍在一起了吧。

察覺到這件事的達克妮絲丟掉斷了一半的劍，展開雙手護著我們。

但是，眼前的草木當中並沒有怪物潛伏的跡象。

這種時候……

「敵人要從上面來了！小心！」

我迅速將視線轉向上方，並且從達克妮絲背後推開她——！

——我所在的地方，是現在已經相當熟悉的白色房間。

隱約顯露出困惑之色，一臉有話想說的樣子的艾莉絲站在我的眼前。

「……那個……」

「……不好意思。現在可以先什麼都不要說，讓我一個人靜一靜嗎？」

我當場蹲坐在地上，抱著膝蓋把臉埋了起來。

一回想起自己一臉認真地大聲宣告敵人會從上面來的那個瞬間，我就害羞到很想乾脆就這樣死掉。

……不，我現在是真的死掉了就是。

「正常來說那種狀況都會從上面來吧……」

沒錯，我抬了頭也沒看到任何敵人。

既不在前面，左右也連個影子都沒有。

既然如此，就只剩下……

「從下面冒出來根本是來亂的吧。我已經受夠這個世界了……」

突然從地面爬出來的那隻看似蟻獅的怪物，就直接把推開達克妮絲的我給——

「……艾莉絲女神，妳該不會是在忍笑吧？不用忍沒關係喔。」

「沒有喔！我沒有在忍笑，不用顧慮我！不對，說不用顧慮我好像也很奇怪，總之我不會在有人死掉的狀況下做出那種不應該的事情！」

那麼大聲警告大家，結果卻從反方向遭受襲擊，未免也太丟臉了。

艾莉絲維持著一本正經的表情，肩膀卻不住微微顫抖，算她有才。

「是無所謂啦……應該說，為什麼阿克塞爾附近會有那種怪物啊？我好歹也已經是等級不錯高的冒險者了，還是被一招秒掉耶。」

聽我這麼說，艾莉絲原本還在顫抖的肩膀突然停止不動。

「關於這件事……和真先生，你今晚有空嗎？」

然後帶著那一本正經的表情注視著我，並且對我這麼說。

「要問我有沒有空的話，我每天隨時都有空啊。怎麼，要來夜襲嗎？我可以現在就上也沒關係喔。」

「不是啦，是想請你協助我找神器！捉弄女神小心遭天譴喔！」

什麼嘛，原來是老樣子啊。

「就算是那件事也沒關係啦……咦，難不成這和神器有關嗎？」

聽語調略顯失望的我這麼說，艾莉絲緩緩搖了搖頭。

「不，這個還不清楚……不過，有件事情讓我有點擔心。」

——原本由那個名叫阿爾達普的領主所持有的神器。

那是能夠隨機召喚怪物並使喚之的道具，克莉絲在回收了那個東西之後，應該已經封印到湖底了才對……

「多頭水蛇棲息的那個湖泊周邊，因為大地失去了魔力，我原本以為會好一陣子沒辦法住人的……但不知為何，魔力的恢復與綠化都比我原本預期的還要迅速，也因此居民們開始開拓那個地方了。然後，我想在被鎮民們找到之前把神器移到別的地方去，所以打撈了一下湖底，但是……」

「神器已經被人拿走了，找不到是吧。」

「是的……」

平常只讓我見過溫柔的笑容和認真的表情的艾莉絲顯得相當沮喪。

原來如此，結果這次突然傳出不知道從哪冒出來的強大怪物的騷動。

聽說那個叫作卡蓮的貴族別的沒有就是錢最多，弄到神器的可能性也很高。

於是她就在遠離城鎮的森林裡蓋了宅邸，像是在玩轉蛋一樣召喚怪物，抽到銘謝惠顧就直接放生……這樣想確實很合理。

……但如果是這樣的話，感覺神器遺失的時間點和卡蓮在森林裡蓋宅邸的時間點好像搭不起來，不過這裡是有魔法的異世界。

或許她使用了達克妮絲在去埃爾羅得的路上給我們看過的那種，可以像沖泡式食品一樣輕鬆完成的魔法宅邸。

不同於比較沒用的那個女神，艾莉絲會出包是很罕見的事情，不過她也是我在這個世界唯一尊敬、崇拜的頭目。

「可以啊。簡單來說就是要調查神器在不在那個名叫卡蓮的人家裡對吧？我陪妳去。」

聽我爽快答應，艾莉絲的表情瞬間亮了起來。

然後，她不知為何露出有點像是小朋友想到要惡作劇的時候的表情。

「今天晚上除了和真先生以外，我還打算帶別的幫手去。至於是誰……我要先保密。」

說完，她開心地把食指放在嘴唇上。

4

「——敵人要從上面來了！小心！在大喊這句有名的台詞的同時，卻被怪物從下方偷襲殺掉的和真先生，歡迎回來！」

剛復活就看到這個狂出包女神的燦爛笑容，真想給她一巴掌。

似乎是躺在阿克婭的大腿上的我挺起身來，四處張望。

「你醒了啊，和真。這次該怎麼說呢……謝謝你救了我。原本應該是我以身為盾的，真不好意思。」

鎧甲上到處都是凹痕，大口喘著氣的達克妮絲靠到我身邊，跪了下來。

仔細一看，那個像蟻獅的怪物，不但尖銳的顎部被折斷了，身體也像是被用力勒緊過似的扁塌。

我們的成員當中能夠辦到這種事情的……

「不過，你保護了我是讓我很高興，但你應該多信任一下我的耐打度才對。下次……怎、怎麼了，和真？你那是什麼眼神啊？應該說，你那個表情是怎樣？」

發現我以有點退避三舍的眼神看著她，讓達克妮絲露出一臉困惑的表情。

「沒有啦，我只是想說妳乾脆不要拿武器了，赤手空拳還比較好吧。我說的沒錯吧？應該說妳不但是前鋒類型的上級職業，等級也很高。感覺差不多可以徒手掐死一隻熊了吧。」

聽見依然覺得很退避三舍的我這麼說，達克妮絲大叫了一聲。

「不、不是啦，和真！就算是我也沒辦法單靠自己的力量掐死那麼硬的怪物！是因為那隻怪物殺死你的方式太誇張了，阿克婭才會氣到對我施展了特別強大的支援魔法！」

或許是不想被當成肌肉女吧，達克妮絲連忙對我這麼說。

「殺死我的方式太誇張是怎樣，我這次是怎麼死的啊？感覺只是一瞬間而已，我完全不記得。」

「你整個人從頭頂到胯下被俐落地一分為二……」

「我不想聽我不想聽！喂，等一下，我之前的狀態有那麼恐怖？……啊，我還想說死成那樣為什麼衣服還好好的，原來衣服換過了！」

喂，等一下，是誰幫我穿衣服的？

我看向達克妮絲和惠惠，她們兩個都猛然把頭轉開。

是哪一個？

這種反應是哪一個？

這時，看著疑惑的我，阿克婭露出溫柔的微笑。

「沒事的，和真，你放心吧。本小姐可是名為女神的尊貴存在，看見身為人類的你的裸體也不覺得怎樣。」

「吵死了，就只有這種時候會露出那種看起來很像女神的笑容是怎樣！」

——雖然只打倒了一隻怪物，但既然已經有了死傷，我們決定今天還是先就此收攤了。

討伐委託是看當天打倒了幾隻的成效制。

打倒一隻的單價非常高，當初接下委託的時候還覺得這個工作很好賺……

「一隻……是嗎？」

在我們昨天來過的會客室裡，卡蓮聽了我們的報告，瞪大了眼睛。

「是啊，只有一隻。是我們力有未逮，非常抱歉。不過……」

達克妮絲的話還沒說完，卡蓮已經伸手制止了她。

「一隻？有達斯堤尼斯大人在，卻只打倒了一隻？」

卡蓮以嘲諷的語氣這麼說完之後，突然笑了出來。

「啊哈哈哈哈哈哈，平常那麼會說大話的達斯堤尼斯大人，只打倒了一隻嗎？而且還是在帶著據說曾經打倒魔王軍幹部，阿克塞爾第一的冒險者的狀況之下？」

卡蓮帶著不懷好意的笑容抬頭看著達克妮絲，而達克妮絲被這麼一激也火大了，突然就站了起來。

「有話想說就快點說清楚啊！我知道妳討厭我，但是如果妳連我的同伴都想侮辱的話，我也另有打算！」

「我想說的話可多著呢！都怪妳們家在擔任代理領主之後對貸款業務加了一堆限制，害得我們最近的營業額大幅下滑！之前阿爾達普大人當領主的時候我們明明還賺得很多耶，他是上哪去了啊！」

卡蓮也當場站了起來，像是要與之對抗似的。

「誰教妳抱怨我們家了，我是問妳對討伐數量只有一隻這件事有什麼意見！不過正好，既然妳這麼想的話，我就在這裡解決這件事！貸款是必要的工作，我也不會叫妳不准借錢給別人，但是你們那裡不但年利率高得誇張，催款的方式也很骯髒！」

「不諳世事的深閨千金大小姐就是這麼搞不清楚狀況才傷腦筋。無論年利率多高，既然有人願意向我們借錢，就代表是雙方都願意接受的契約。而且，妳說我們催款的方式太嚴苛？借錢的時候不斷鞠躬哈腰，還錢的時候卻反過來指責我們，那種人活該被我們強制回收！妳就是這樣才會欠阿爾達普大人錢還被迫嫁給他，最後還被逃婚！」

啊，剛才那個連我都知道不應該。

卡蓮說了不應該說的事情。

「混帳東西，不過是個下級貴族竟敢口出狂言！給我乖乖跪下，我要宰了妳！」

「有有、有本事妳就試試看啊！反正妳一定只是嘴上說說而已的吧，達斯堤尼斯……達斯提尼斯？等一下，妳現在面對的不是老百姓，要是妳沒有任何理由就把我殺掉的話，會演變成很嚴重的問題喔！」

「像妳這種靠錢當上貴族的黑心高利貸，就算消失了也不會對國家和百姓造成困擾！我要為了世間、為了蒼生解決掉妳，之後無論是要坐牢還是要怎樣我都會乖乖就範……惠惠妳做什麼，不要阻止我！接下來我要對這個不入流的壞蛋行使正義！」

達克妮絲揪著卡蓮的領子，逼得人家都快哭出來時，惠惠輕輕拉著這樣的她的披風。

「達克妮絲，該適可而止了。因為這次算是我們沒有完成任務。就當作是為了剛恢復的和真，我們今天先回去吧？」

照理來說應該是最暴躁易怒的惠惠輕聲這麼說。

5

當天晚上。

我們從略顯害怕的卡蓮手上收下討伐了一隻怪物的報酬之後，立刻回到豪宅，吃完晚餐，在大廳裡休息。

惠惠表示有話要告訴我們大家，於是我就這麼聽她說了，然而……

「——抱歉，妳可以從頭再說一次嗎？」

「可以是可以啦……是這樣的，我一時心血來潮成立了一個盜賊團，結果回過神來才發現已經發展到入團申請人數破千的規模了。在得到這個城鎮最頂級的宅邸當成活動據點，又有了後盾之後，我想說差不多是時候了，就去那個名叫卡蓮的貴族的宅邸發動了襲擊。」

不禁整個人停機的我，在心中自言自語。

妳這個傢伙是在搞什麼鬼啊？

在我抱持著如此的感想時，同樣整個人僵住的達克妮絲的眼神一飄，開口這麼說：

「這麼說來，最近我是聽說過這個鎮上最頂級的宅邸有了主人……」

別說了。

「是啊，我們團裡的基層人員稍微動用了一下她的權力，房仲就讓我們用了。」

「等一下，就算是達斯堤尼斯家動用權力，應該也沒辦法輕易獲得那間宅邸的使用權才對。吶，惠惠，妳口中的基層人員該不會是……」

喂，夠了，別問了，問下去就無法回頭了。

「這麼說來，惠惠在前往埃爾羅得的路上，都是稱呼那個叫愛麗絲的孩子是基層人員對吧？」

「閉嘴啦阿克婭，妳平常明明完全沒在動腦袋，為什麼偏偏挑這種時候問那種多餘的問題啊！我們什麼都沒聽到，什麼都不知道，懂了嗎？」

「懂什麼啊！喂，惠惠，這是怎麼回事？換言之，妳把愛麗絲殿下拉進一個奇怪的組織裡，還和一群不知道在哪裡認識的可疑人士一起去襲擊那個傢伙的宅邸嗎！」

達克妮絲冒著汗這麼問，一臉快要哭出來的樣子。

「什麼可疑人士啊，沒禮貌。成員只有不諳世事的基層人員和沒有朋友的紅魔族，以及阿克西斯教的祭司跟一個盜賊。除此之外的人我現在都還沒讓他們入團。」

除了最後的那個盜賊以外大概都是我認識的人吧。

為什麼只要我稍微一不注意，我的同伴們就會搞出嚴重的問題來啊？

「而且正確說來，我們只是計劃要襲擊之後跑去那個人的家而已，並沒有實際執行。我上次不是跟和真說過了嗎，因為宅邸裡的那些人被怪物襲擊，我就擊退怪物，救了他們。」

聽惠惠這麼說，我稍微鬆了口氣。

不對，接下來還有很多事情要問她就是了。

「就算是這樣好了，妳幹嘛要成立那種愚蠢的團體啊？為什麼妳的人生道路就不能走得更平穩一點呢？」

聽見我發自內心的這番話，惠惠卻是露出一臉「這傢伙在說什麼啊」的表情。

「這個我之前不是說過了嗎？我忘也忘不了，那是大家再次一起吃霜降紅蟹的那一天。在大家大啖螃蟹的時候，對於遇見我所崇拜的銀髮盜賊團的狀況還有他們的生存之道，我不是講得那麼熱烈嗎！如果要說我為什麼成立了那樣的團體的話，理由大概就是那樣了吧。」

那個時候我只顧著吃螃蟹，完全沒聽她說了什麼，但是事到如今我又不能這麼說。

「而且那個時候，我雖然沒有說明到自己成立的是盜賊團，但是關於我在阿克塞爾聚集人力，取得活動據點，還開始工作了，這個我應該有告訴你們吧？」

「是、是啊，確實是這樣……吧……？」

看見達克妮絲的眼神飄忽不定，我敢肯定這個傢伙一樣只顧著吃螃蟹也沒在聽。

在眼神同樣飄忽不定的我身旁，阿克婭抓了抓頭，同時不以為意地說：

「抱歉喔，我只顧著吃螃蟹都沒在聽。」

……我和達克妮絲的水準也跟這個傢伙一樣啊。

「——然後，妳救了那個貴族之後，她不但沒有給妳禮金，甚至連謝謝都沒說一聲就把妳趕走了，是吧。」

聽完惠惠和那個貴族之間的糾紛之後，我如此總結，向她確認。

「是的，那個叫卡蓮的貴族之所以在看到我的時候那麼吃驚，大概是因為想起那個時候的事情而感到尷尬吧。至於我這邊，如果是很正常的剛好路過順便救人也就算了，事實上卻是原本要去襲擊，結果看到他們不知怎地遭受怪物襲擊，所以心血來潮地救了他們……」

惠惠顯得坐立難安，整個人縮在一起。

「所以，惠惠也因為有點心虛而不敢堅持要報酬，就那麼讓步了是吧。」

「沒錯……」

聽了我最後的確認，惠惠似乎回想起當時的狀況，雙肩一垮，顯得相當沮喪。

我想，惠惠她自己其實也不是那麼想要錢吧。

但是，那樣形同是在團員們面前被賴帳，似乎讓她相當煩惱。

……這時，原本閉著眼睛聽她說的達克妮絲突然杏眼圓睜，站了起來。

「那個該死的暴發戶還是一樣小氣又愛耍心機！瞧不起和真和我或許還可以原諒，但是她再怎麼說也是貴族，被年紀輕輕的惠惠救了之後居然連一句道謝也沒說就把人趕走，絕對不可原諒！」

「喂喂，妳說的話我是可以認同，但是她瞧不起我妳就沒意見喔？」

也不知道有沒有在聽我說，達克妮絲的眼中閃現凶光。

「和真，明天行動！我原本是想說現在立刻動身的，不過明天一早我們能找到多少人就帶多少人去襲擊她們家！惠惠不是也說了嗎，她原本打算襲擊那裡。妳有達斯堤尼斯家做擔保，儘管燒燬他們家吧，不用客氣！」

「不要連妳也說這種蠢話！就連急躁的惠惠都打消那個念頭了好嗎！」

「不，我那個時候只是因為成群的強大怪物出現在眼前，所以暫時放下盜賊團，順應冒險者的本能罷了。」

可以不要再走這種自己破壞自己佳話的路線了嗎！

「你們好像有很多事情要煩惱呢。為了避免事情變得更複雜，我還是乖乖待在這裡喝酒好了。」

這是為什麼呢，唯有今天阿克婭看起來最像正常人。

「等著瞧吧，該死的朵內利！我已經不管會有任何後果了！等到一切都結束之後無論要上法庭還是怎樣我都願意接受。我要讓那個傢伙好看！」

聽達克妮絲做出如此危險的宣言，我飛也似的逃回房間。

6

到了四下已經完全變黑，房舍的燈火也都熄滅的時刻。

有人輕輕敲了我的房門。

「我醒著——」

在棉被裡滾來滾去的我表示要來者進來之後，一個嬌小的人影便走了進來。

「不好意思，這麼晚了還來找你。」

走進房間裡的是惠惠。

話雖如此，都已經這個時間了，她也沒換上睡衣，害我想像了一下她是不是在吃完晚餐之後就一直悶悶不樂到現在。

沒錯，感覺這個傢伙在我復活之後就一直有點沮喪。

她為了不讓我們察覺，一直裝得和平常沒有兩樣，但是和她相處了這麼久的我，早就看穿了。

「怎麼了？妳看起來好像不是要來講些什麼有情調的事情，感覺也不太像是可以開玩笑的樣子。」

我從床上坐了起來，為了不讓她消沉的更嚴重而這麼問。

惠惠雙肩一垮，低下頭之後……

「對不起。」

便輕聲向我道歉。

「不，妳突然跑來我的房間然後只說這三個字的話，光看這個場面感覺很像是我被甩了，讓我不太舒服耶。」

我催惠惠繼續說下去，而她依然低著頭……

「如果我之前沒有救那個貴族，而是真的去襲擊那間宅邸的話，說不定和真今天就不會死了。之所以這麼說，是因為那個貴族的宅邸附近冒出強大的怪物這件事本身，原因很有可能出在那個名叫卡蓮的人身上……」

突然對我這麼說。

奇怪？

應該說，我今天已經聽別人說過類似的話了耶。

惠惠繼續對默不作聲的我說：

「那個貴族的家裡，可能有個會召喚怪物的神器。如果我當時成功奪取了那個東西的話，和真就不會碰上那種事情了……」

對於惠惠這番懺悔般的獨白——

「這件事是誰告訴妳的？」

我心想反正一定是那個人的同時，這麼打斷了她。

或許是因為就算有挨罵的心理準備，也沒想到我會問情報來源吧，惠惠的紅色視線在黑暗中游移了一陣之後……

「是我剛才提到的那個，我的盜賊團裡的盜賊。其實，和真也認識那個人就是了……」

說著，她稍微笑了一下。

我一邊嘆氣一邊下床，看向窗戶。

大概是因為外面很冷，要我快點察覺到而故意發出輕微的敵意吧。

我的感應敵人技能從剛才開始就告訴我，有人在窗外等候。

正當惠惠因為我突然下了床並走向窗戶，而對我露出一臉疑惑的表情時。

我一把拉開掛在窗邊的窗簾，就看見——

「妳說的盜賊，就是這個人對吧？」

簡直就像是早就料到事情會變成這樣似的。

窗外的那個人不是艾莉絲女神，也不是冒牌盜賊團的基層人員克莉絲，而是用面罩遮住口部的懸賞要犯的頭目，向我們揮了揮手。

7

「呼～～真是的，你也發現得太慢了吧，助手老弟。天氣已經開始變冷了耶。」

我一打開窗戶，克莉絲便輕身鑽了進來。

「不對喔，問題是出在頭目沒有指定時間吧。應該說，我們也差不多該約在外面會合才對了吧。」

而我就像平常一樣如此回應她。

惠惠則是整個人僵在原地，看著我們兩個這樣的互動。

「……吶，助手老弟，惠惠都一動也不動耶。」

「是因為頭目的登場方式太奇葩了吧？而且有可疑人物從窗戶跑進來的話，正常人都會嚇到吧。」

我們兩個明知道惠惠僵住不動的理由，卻還是一邊說著這種不著邊際的話，還一邊笑得很賊。

「……歉。」

「嗯？」

「惠惠，妳說什麼？抱歉，我聽不太到。」

原本在嘴裡嘟噥的惠惠，突然跪了下去。

「非常抱歉！我自稱是妳的支持者，卻沒發現妳的真面目！」

「喂喂，妳太大聲了，外面的人也會聽見啦！」

「惠惠，沒關係沒關係！這不是什麼需要道歉的事情，別跪我啦——！」

正當我們兩個驚慌失措的時候，惠惠抬起頭來，一直盯著我看。

「應該說，就是……既然妳從剛才開始就一直叫他助手老弟，就代表……」

她紅色的眼睛當中充滿著興奮與期待，讓我覺得不應該在這個時候裝傻或是蒙混過去。

我以眼神尋求克莉絲的同意，她便像是想說當然沒問題似的閉起一隻眼睛，豎起拇指。

她明知道惠惠在裡面還跑進來，就表示她想公開真面目了吧。

既然如此，我也不需要繼續隱瞞下去了。

我走向收著從事盜賊工作的時候用的衣服和面具的衣櫃——

「惠惠，妳可要仔細看好了。妳在我面前大談有多喜歡的那個人，就要展現出他的真面目了喔！」

克莉絲站在我打開的衣櫥旁邊，露出一臉愛惡作劇的孩童般的笑容，如此調侃惠惠。

「是啊，我會仔細看的。因為我想知道我最喜歡的人之前做過些什麼。」

而惠惠對此以正中直球加以反擊，反而讓克莉絲面紅耳赤了起來。

「頭目，這個傢伙隨時都是全力以赴，所以調侃她也沒用啦。我也被她這樣反擊過好幾次了。」

「抱抱抱、抱歉喔，不知道怎麼搞的對我造成的傷害也不小耶。這種酸酸甜甜的心情是什麼啊，雖然令人害臊卻又想要多聽一點，同時又讓人很想遮臉的感覺到底是……！」

見我們輕聲對彼此交頭接耳，惠惠露出有點難過的表情。

「那個，你們兩個的關係相當密切嗎？是從什麼時候變成這種關係的啊？」

「惠惠，不是啦！我們兩個開始一起當盜賊也是最近的事情，我之前也說過了啊，助手老弟在我心目中什麼都不是！我只把他當成普通朋友，對他並沒有特別的感覺！」

「等一下，妳們兩個當我不在場的時候都聊了些什麼啊？為什麼我要在不知情的狀況下被甩掉啊？」

說真的，她們到底趁我不在的時候聊過什麼啊？

今後還是盡量減少性騷擾行為和發言，以免她們背地裡說我的壞話好了。

就在一邊這樣想，一邊換衣服的時候，我忽然感覺到背後的視線。

「妳們剛才是說過要仔細看好我的真面目沒錯，不過再怎麼樣，這一幕還是別看比較好

吧……」

一臉認真地看著我的兩人連忙將視線從把手放在褲子上的我身上移開——

「——今晚有很漂亮的滿月呢！助手老弟有夜視能力所以無所謂，不過對我而言，這種日子才是最適合工作的時候。」

我們只憑藉著月光，在阿克塞爾之中奔馳。

惠惠現在穿的不是常穿的長袍，而是不同於平常的輕便服裝。

根據克莉絲表示，她甚至還特地準備了面罩，就只為了這個。

「那個，我真的可以跟去嗎？我又沒有盜賊技能，不會拖累你們嗎？」

我對跟在我們身後，從剛才開始就變得比較含蓄又乖巧的惠惠表示：

「因為頭目說過，這次除了我之外還叫了其他幫手嘛。而且，妳記好了，戴上這個面具之後，我就不是平常的我了。現在的我不是幹練的冒險者佐藤和真，而是懸有重賞的面具盜賊團的頭目。只限於滿月的晚上，我有時候會覺得情緒非常高昂，不會輸給任何人。然後，今晚我當然也是狀況絕佳！」

「吶，助手老弟，你真的不是惡魔或魔族吧？只是普通人類對吧？還有，這是銀髮盜賊團，而且頭目是我喔。」

把依然失禮的頭目的這番話當成耳邊風，我儘管有點介意一直釘在我背上的視線，還是不斷趕路。

之所以這麼做，是因為一旦到了明天，某個狂暴的大貴族就會為了幫惠惠報仇而展開行動了。

那個傢伙原本就已經夠頑固，在看見她認真起來的眼神時，我就放棄阻止她了。

既然如此，就只能在天亮之前搶走可能在卡蓮家裡的那個召喚怪物的神器了。

只要能偷出那個神器，把神器當成證據暫時交給達克妮絲，證明卡蓮召喚怪物，使阿克塞爾面臨危機，就可以正式以法律制裁她了。

仔細想想，都已經有被送到艾莉絲身邊的我這個被害人了，要是真的找到那個神器，我也沒什麼好抱怨的了。

……

「吶，我從剛才開始就一直感覺到妳的視線耶。」

「啊！不不、不好意思，因為你太適合戴面具了，我忍不住就……」

跟在後面的惠惠好像一直盯著我看。

「先別說那些了，快到城鎮的正門了，惠惠也戴上面罩吧。今天妳也是銀髮盜賊團的一員喔。」

聽克莉絲這麼說，興奮到眼睛發出紅光的的惠惠以面罩遮住口部。

「……糟了，頭目，這傢伙的紅眼害得面罩幾乎發揮不了作用。」

「怎麼辦啊，助手老弟？這個我也沒想到。」

光是遮住口部的話，紅魔族的特徵還是完全顯露在外。

這個鎮上只有兩個紅魔族，再怎麼說這樣也不可能不穿幫。

見惠惠沮喪得那麼明顯，我就拿下面具遞給她。

「沒辦法，今晚妳就戴我的面具吧。我用妳的面罩。今晚面具盜賊團的頭目給妳當。」

「吶，助手老弟，我們應該來統一一下盜賊團的名稱才對，而且頭目是我喔！」

從我手上接過面具的惠惠露出幸福無比的笑容。

「我們被懸賞的時候妳明明就說過我們還是叫面具盜賊團好了，頭目也給我當的，不是嗎？」

「最近風波開始平息了嘛，這原本就是我成立的盜賊團，應該用我的註冊商標銀髮來當名稱才可以。」

我一邊戴上惠惠給我的面罩，一邊和克莉絲如此對話時，惠惠表示：

「我對命名很有自信喔。不然由我來取團名如何？」

「「那可不行。」」

我們無意間異口同聲。

——使用潛伏技能的我們輕鬆突破了阿克塞爾的正門，在月光之下朝森林前進。

「和真，我覺得戴上這個面具的感覺非常自然。即使說這是最適合紅魔族的配件也不為過。這個可以給我嗎？」

「最近我也開始喜歡上那個了所以不可以給妳。巴尼爾的店裡有賣類似款，妳去那裡買吧。不過那個好像很熱賣，所以很難買到就是了。」

聽了我們的對話，克莉絲也興致勃勃地問道：

「巴尼爾先生是那個老是戴著面具的人嗎？我只有從遠方稍微看過他，聽說他會趕跑搗亂垃圾場的烏鴉所以被稱為烏鴉殺手，好像是個很老實的人呢。」

……這個人在說什麼啊？

這個世界的女神眼睛都瞎了嗎？

不對，我記得她好像說過自己在下凡的時候用的是暫時的身體。所以是這樣才沒有發現巴尼爾的真面目嗎？

雖然感覺好像會很危險，但我還是想讓她見見維茲和巴尼爾。

「——哦，看得到那間宅邸了耶。好了，惠惠，今晚要為我們上次的行動雪恥。其實那個人的態度也讓我有點火大。」

說著，克莉絲盯著浮現在森林之中的宅邸，對眼睛閃著紅光的惠惠露出笑容。

「好了，咱們上吧！」

8

或許是為了防範怪物，宅邸的正門理所當然的有人看守。

首先為了排除他們，我發動了潛伏技能，從暗處悄悄接近他們。

看守有兩人。

繞到背後去，摀住他們的嘴，用「Drain Touch」就可以解決他們了吧。

……這時，在悄悄接近的我所在之處的另外一邊，也就是看守的左手邊，響起了一個沙沙聲。

原本面對正面的兩名看守轉頭看了過去——

我沒有錯過這個機會，一口氣溜到他們背後，以左右手分別堵住兩人的嘴，發動了

「Drain Touch」。

看見兩人一聲不響地癱倒在地之後，躲在草木後面的克莉絲和惠惠也來到我這邊。

「那個，你們兩位的表現都相當精彩。應該說，和真原來這麼厲害啊。」

平常好像覺得我不太厲害的惠惠對我們投以尊敬的眼神。

剛才那個吸引了看守注意的聲音，好像是克莉絲丟小石頭發出來的。

「我們可是一路突破到王城最深處，懸有重賞的銀髮盜賊團喔！這點小事太輕鬆了。」

氣定神閒地這麼說的克莉絲揚起嘴角。

「不久之前還在冒牌盜賊團當基層盜賊的人在說什麼啊。是說，為什麼頭目在我不注意的時候就會立刻碰上那種搞笑的狀況啊？」

「我才想問好嗎？我的運氣明明也不比你差啊。」

被克莉絲這麼一說我才發現，其實我也是個明明運氣很好，卻老是被捲進奇妙的麻煩之中的人。

在我這麼想的時候，我們在宅邸的圍牆內繞到後門，潛入屋子裡面之後。

「……該說我們的運氣果然很好嗎，頭目？」

「以這個狀況來說，與其說是運氣好，我更有種抽到下下籤的感覺呢。」

「你們兩位果然是歷練豐富，在這種時候還這麼冷靜。」

我們面面相覷，思考該如何處理突然撞見的這個狀況。

「我不知道你們是什麼人，又是打哪來的，不過別閒聊了，快點救我！」

出現在我們眼前的，是被一隻和人一樣大，長得像章魚的怪物纏住的卡蓮。

「——得、得救了。我差點就要失去身為貴族千金最重要的東西了……」

我和克莉絲兩個人砍了過去，救助卡蓮脫離章魚型怪物後，才發現自己身在牢籠裡。

房間的另外一邊有一扇門，但房間中央還有一道將房間一分為二的鐵柵欄。

照理來說，這應該是在鐵柵欄的另外一邊安全召喚怪物的系統吧。

「這間宅邸的後門為什麼通到牢房裡面來啊？」

剛才還被怪物緊緊勒住的卡蓮不停咳嗽，隨後才站了起來，回答我的疑問。

「那裡不是什麼後門。是用來將沒中獎的怪物放到外面去的排放口。」

卡蓮事到如今才以警戒的眼神看著我們，手裡還拿著某種不明物體，對著我們舉起來，嚇唬我們。

「她剛才說了沒中獎的怪物耶，頭目。這個傢伙果然有罪。」

「等一下，助手老弟，我們還沒看到最重要的神器耶。」

面對毫無緊張感的我們，卡蓮顯得有些焦躁，放聲大喊：

「你們到底是什麼人啊！應該是知道這裡是什麼地方才闖進來的吧？」

「這裡是惡名昭彰的朵內利家對吧？我們今晚是來還妳人情的。」

聽克莉絲氣定神閒地這麼說。

「原來如此。我從事的是貸款的工作，會怨恨我的人早已多到數不清了。你們也是其中之一對吧？不過你們的運氣太差了，等著當我的新商品的實驗對象吧！」

卡蓮一邊這麼說，一邊將她手上的不明物體高高舉起——！

「『Steal』。」」

然後我和克莉絲同時施展了「Steal」，搶走那個不明物體。

「啥！」

沒有理會驚叫出聲的卡蓮，我們確認了一下戰利品。

「總之先搶過來了，不過這個東西是什麼啊？」

「啊，可惡，我輸了！我偷到的又是內褲！」

卡蓮原本打算使用的道具在克莉絲手上。

進到我手中的則是白色內褲。

「為什麼和真的『Steal』總是特別著重在性騷擾上啊？……是說，那個東西借我看一下。我記得好像在哪裡看過……不是啦，我才不是要看內褲，我說的是那顆石頭啦！」

克莉絲將手上的石頭交給惠惠，我煩惱著該怎麼處理這條內褲，而壓著裙襬的卡蓮則是狠狠瞪著這樣的我。在如此奇妙的狀況之下——

「來、來人啊！有入侵者，有奸細啊！」

卡蓮好像終於想到要叫人來了。

「這是以怪物的蛋為原料加工而成的違禁魔道具。這個東西能夠召喚怪物，不過也僅止於此。既無法使喚怪物，召喚出來的怪物也是隨機決定，是只有危險性的道具。」

識破了石頭是什麼來歷的惠惠如此指出，但卡蓮用鼻子哼笑。

「只有危險性的道具？妳錯了，那個東西可以生出錢來，是非常了不起的魔道具。隨機召喚出來的怪物當中，有出現大蔥鴨和黃金蟻等大獎的可能性。目前為止我抽到最大的獎是未成年的龍。我靠那個就把之前投注在其中的資金一舉賺回來了。」

在眾人奔向這裡的腳步聲當中，卡蓮拉開了和我們之間的距離，從架子上拿了一顆新的石頭。

也就是說，這個傢伙在這個用鐵柵欄隔開的房間裡召喚怪物，中了大獎就賣掉換錢，出現賣不了錢的怪物就隨便野放是吧。

然後，因為那些被野放的怪物的傳聞開始在鎮上傳開了，她為了減少怪物的數量才會委託人稱阿克塞爾最強的我來解決。

「頭目，這個傢伙只是個不入流的小咖耶，她把自己做的壞事全都招出來了。」

「助手老弟，那種事情只可以在心裡想，不可以說出來啦。不過，那個人對我來說才叫作沒中獎吧。我原本還以為她用的是神器……」

「你們兩個說的話都被人家聽到了啦。那個人已經滿臉通紅了。」

見我們依然毫無緊張感，卡蓮頓時暴怒，對著我們舉起石頭。

「瞧你們在這個狀況下還那麼氣定神閒的，等著到陰間去後悔吧！警衛們不久之後也會趕到——」

「『Steal』。」

在卡蓮說到最後之前，我們的「Steal」再次發威。

「我又贏了。」

「不對，等一下喔。對我而言，偷到這個東西比偷到那個石頭還要開心，如果要說誰輸誰贏的話，應該說是我贏也可以吧？」

「這個男人爛透了，居然當著我們的面大大方方地說出那種話。」

我手上的是卡蓮的胸罩。

克莉絲手上的是那種石頭。

「你們是怎樣！你們兩個到底是怎樣啊！」

不只壓著裙襬還壓著胸部的卡蓮淚眼汪汪的瞪著我們。

就在這個時候。

「大小姐，怎麼了！」

「有入侵者！快抓住這些人！」

見警衛們趕到，卡蓮一副勝券在握的樣子，如此命令了他們。

——命令了在鐵柵欄的另外一邊的他們。

「助手老弟，這個人有點廢耶。」

「一開始就應該知道這個人很廢了吧，她可是拿違禁品當手遊的轉蛋來玩的人耶。」

「手遊的轉蛋是什麼意思啊？算了，先不問這個了，真不知道這個人為什麼在鐵柵欄的這一邊召喚出怪物來呢？不過，我猜她是在整理架子還是怎樣的時候，不小心把那種石頭碰到地上，無意間召喚出怪物來了，大概是類似這樣的狀況吧。」

聽見我們這麼說的卡蓮臉都紅到耳根子去了，這時克莉絲點頭表示：

「雖然我們才剛來，不過應該可以走了吧？這個我們就當成違法召喚怪物的證據帶走嘍。我們會幫妳送到達斯堤尼斯家去的。」

聽見這句話，卡蓮的臉色瞬間刷白。

「等、等一下！你們別想離開，或許外表看不出來，但我也是等級很高的貴族，爭取時間等警衛們繞到後門去這點小事，我還——」

「『Stea』……」

「不可以啦助手老弟，我覺得你不應該再出招了！」

正當我準備對話還沒說完的卡蓮施展「Steal」的時候，克莉絲連忙打斷了我。

「有什麼關係嘛，就在這個女人的部下面前把她扒光吧。」

惠惠毫不留情的這麼說，卡蓮這才理解到身上只剩下一件洋裝的自己差點被怎樣，癱坐到地上，一邊顫抖一邊後退。

氣也算是有點消了，證據也到手了。

正如克莉斯所說，差不多是該撤退的時候了。

或許是明顯察覺到我們這樣的想法，癱坐在地上的卡蓮開口說：

「仔細一看，我認得那個面具。你們就是街頭巷尾盛傳的面具盜賊團吧！不要以為找到這種程度的違禁品我就會被抄家。你們覺悟吧，等著看掛在你們身上的獎金會變得多高——我亂講的，對不起！」

然後就看見我對她伸出手，於是一邊後退，一邊放聲尖叫。

終章

隔天早上。

「哈哈哈哈哈哈哈！哈哈哈哈哈哈哈！該死的朵內利，我要用這個好好教訓妳！幹得好啊，和真，你立大功了！哈哈哈哈哈哈哈哈！」

達克妮絲勝而驕矜的笑聲在一如往常的大廳裡迴響。

取得召喚怪物的證物之後，我將那個東西交給達克妮絲，也大略說明了一下昨天晚上發生了什麼事。

她因為我們又去偷東西而責怪了我一下，不過最後的結果就像這樣。

「早安……你們是怎麼了？今天都起得這麼早。」

穿著睡衣的阿克婭抱著一包東西，來到樓下。

「不是起得早而是熬夜了。我接下來要去睡覺，到傍晚之前都不要叫醒我。」

「你又打電動了是吧？真是的，尼特就是這樣，真是的。」

對於昨晚的騷動毫不知情，喝了酒就睡到現在的這個傢伙沒資格說我啦。

這時，阿克婭在桌子上攤開布包，讓惠惠對裡面的東西產生了興趣。

「阿克婭，那是什麼啊？看起來好像是石頭耶。」

「不愧是惠惠，紅魔族鑑定物品的眼光果然不同凡響。」

那個傢伙的眼睛可是瞎到在昨天之前都沒發現我的真面目喔。

在我一邊這麼想，一邊啜飲晨間咖啡時。

「這個啊，是我收藏的奇石系列。在河邊啊、池塘啊、湖邊啊，都可以找到很不錯的石頭喔。我偶爾會像這樣細心打磨，讓它們亮晶晶的……妳要一個嗎？」

「不需要。」

……我們那麼辛苦，這個傢伙卻這麼悠哉是怎樣啊？

雖然解決了召喚怪物騷動，但是失蹤的神器到頭來還是不在那間宅邸裡面，所以克莉絲又得去追查神器的下落了。

真希望這個只會做多餘事情的傢伙可以好好學學那個比較認真的女神。

「這麼說來，阿克婭從前一陣子就經常外出，離開城鎮，那到底是在做什麼啊？我們一不注意惠惠，結果等我們發現的時候事情已經很嚴重了。所以我姑且還是想問一下妳在做什麼……」

「等一下，達克妮絲，不要把我當成問題兒童好嗎！那是冒險者公會的人拜託我去打工啦。妳也知道，我有超強的淨化能力對吧？是公會拜託我，希望我運用那種力量淨化多頭水蛇之前住的那座湖泊和周邊的環境，所以我很努力喔！」

正當我一邊放空望著這種一如往常的景象，一邊啜飲咖啡時，惠惠把一樣東西抱在胸前，站到我身旁來。

她好像有話想說，但似乎還在猶豫該不該說的樣子。

「那、那還真是抱歉啊，阿克婭。是我不對。」

「妳真的覺得是妳不對嗎？是的話就從我的奇石收藏當中買走一個吧。淨化的打工已經結束了，我最近很缺錢。」

沒有理會那兩個長舌的傢伙，我開口調侃惠惠。

「妳有什麼話想說嗎？我知道了——妳發現了我的真面目之後，想要我的簽名了是吧？還是想要跟我握手啊？」

「都不需要。」

惠惠斬釘截鐵地如此秒答之後，眼神游移了一陣。

「就是……謝謝你。你那麼做等於是為我們報了仇。」

原來是想說這個啊。

「我又不是去幫妳們報仇的。再說，我等於是間接被那個女人殺掉的，所以心情也有點舒暢。更何況，妳們是我們的下游組織對吧？既然如此，我幫基層人員報仇也是理所當然的吧。」

我要帥地笑了一聲之後這麼說，惠惠也露出靦腆的微笑。

「那麼，今後我應該稱呼和真為頭目嗎？」

「嗯，可以啊。畢竟懸賞的名義是面具盜賊團，所以我可以算是實質上的頭目吧……啊，別告訴克莉絲我說過這種話喔。不然她又要罵我了。」

見我有點慌張，惠惠開心地咯咯笑了起來。

「可以啊，我幫你保密就是了。不過相對的……」

她攥在胸前抱著東西的手用力握了一下。

「偶一為之就行了，我可以再跟你一起行動嗎？」

說著，她將一直抱在胸前的東西遞給了我，那是我的面具。

後記

感謝各位這次購買《續・為美好的世界獻上爆焰！》。

我想應該不至於有初次見面的人才對，我是某種類似作家的人，暁なつめ。

本書是以SNEAKER WEB網站上的連載內容，再加上新稿構成的外傳小說。

由於會寫出這本故事的前因後果已經在《美好世界》第十集的後記當中說明過了，所以這邊就先省略，這件事情讓我學習到不應該聽到什麼就隨便答應要做。

我誠心祈禱以後不會再辦角色人氣票選了。

——如此這般，本書成了滿載各種祕密故事的一集。

克莉絲在第七集的最後丟進湖裡，現在仍在搜索中的那個神器，也已經被那個最擅長做多餘事情的女神在不知情的狀況下撿回家，每天用心打磨。

在克莉絲追查神器的下落，到處找遍了之後，想必會在為了喘口氣而去和真他們的豪宅玩的時候瞬間找到，當場癱坐在地吧。

如果有機會的話，未來我也想寫這樣的故事。

——好了，當本書陳列在書店的時候，電視動畫版第二季也快要開播了吧。（註：此指日文版發售期）

這次我也很少到動畫版的錄音現場探班，不過作家這種生物的習性就是不想離開家裡，這也是無可奈何的事情！

因為每次去參觀錄音就會被爆雷，這種時候還是盡可能不要參加，自己也以一個動畫愛好者的身分期待動畫第二季開播。

然後下個月，三嶋くろね老師也即將推出全部都是《美好世界》插畫的畫集。

畫集當中也收錄了我的小說新稿，請有興趣的讀者務必參考看看。

在各雜誌上連載中的漫畫也請各位多多支持了。

如此這般，這一集也是因為有以三嶋くろね老師為首的各位鼎力相助，才能夠順利出版，在此感謝大家。

最重要的，還是要向拿起本書的各位讀者，再次致上最深的感謝！

暁　なつめ

ATOGAKI
2017
頭目
好可愛！

國家圖書館出版品預行編目(CIP)資料

為美好的世界獻上祝福!外傳. 續, 為美好的世界獻上爆焰!吾等乃惠惠盜賊團 / 暁なつめ作 ; kazano譯.-- 初版. -- 臺北市 : 臺灣角川, 2017.07
面； 公分. --
譯自：この素晴らしい世界に祝福を!スピンオフ. 続, この素晴らしい世界に爆焔を!我ら、めぐみん盜賊団
ISBN 978-986-473-779-6(平裝)

861.57　　106008792

Kadokawa Fantastic Novels

為美好的世界獻上祝福！外傳

續・為美好的世界獻上爆焔！

吾等乃惠惠盜賊團

（原著名：この素晴らしい世界に祝福を！スピンオフ 続・この素晴らしい世界に爆焔を！我ら、めぐみん盗賊団）

2017年8月10日　初版第1刷發行
2024年4月12日　初版第6刷發行

作　者：暁なつめ
插　畫：三嶋くろね
譯　者：kazano

發行人：台灣角川股份有限公司
總　監：呂慧君
總編輯：蔡佩芬
主　編：林秀儒
副主編：楊鎮遠
設計指導：陳晞叡
美術設計：李思穎
印　務：李明修（主任）、張加恩（主任）、張凱棋

發行所：台灣角川股份有限公司
地　址：104台北市中山區松江路223號3樓
電　話：（02）2515-3000
傳　真：（02）2515-0033
網　址：www.kadokawa.com.tw
劃撥帳戶：台灣角川股份有限公司
劃撥帳號：19487412
法律顧問：有澤法律事務所
製　版：尚騰印刷事業有限公司
ISBN：978-986-473-779-6
